LE VIOLON ORPHELIN

Catherine LUBATTI

LE VIOLON ORPHELIN

éditions
Campanile

À Hélène.

Chapitre 1

Mardi 14 août, Paris.

Je suis plongée dans mes rêveries à une terrasse de café dans le quartier des halles.

C'est étrange Paris l'été. La ville semble s'être vidée de sa substance, comme si tout s'était figé pour le plus grand bonheur des touristes. Mais si on n'étouffe plus dans la cohue permanente, c'est la chaleur qui est suffocante, et avec elle les relents des merdes de chien (cela reste un mystère, pourquoi une fois les autochtones partis en villégiature les trottoirs restent-ils aussi crottés ? Les chiens parisiens sont-ils autonomes, un peu dans l'esprit : va, mon maître, prends tes trois semaines de congé estival, va faire rougir ta peau diaphane habituée aux néons du métro sous le soleil de la Méditerranée, je m'occupe de tout, je me remplis ma gamelle, je me sors deux fois par jour et je chie pour la postérité des trottoirs parisiens). À ce stade de mes réflexions, je me dis qu'il faut peut-être envisager de repartir quelques jours loin d'ici. Il faut juste que le banquier comprenne que la merde de chien justifie une augmentation de découvert. La partie n'est pas gagnée, mais qui ne tente rien…

Le côté positif des terrasses de Paris en août, c'est que, le flot humain se retrouvant quelque peu asséché, le regard peut s'attarder un long moment sur les passants. Par déformation professionnelle, je ne peux m'empêcher d'extrapoler sur ces anonymes. Ce père de famille BCBG léguera peut-être la maison familiale à sa maîtresse SM, ou encore cette vieille dame voûtée fera de son caniche son héritier via la SPA au détriment de sa nièce qui pourtant lui porte son sac de courses.

Généalogiste successoral, c'est un boulot que je n'ai pas vraiment choisi. Il s'est plutôt imposé à moi. En effet, lorsqu'on se nomme Crétin, Olympe Crétin, difficile de ne pas essayer de comprendre par quel affreux méandre historique, par quelle injustice, par quelle poisse vous avez à supporter un tel fardeau depuis plus de trente ans.

D'un coup, le fil de mes pensées, aussi ténu qu'un fil d'araignée, se casse. Une antenne restée en lien avec le monde réel m'indique que quelqu'un cherche à entrer en communication. Après une demi-seconde de flottement, je réalise qu'un jeune homme, l'air sympathique et par ailleurs fort excentrique, me parle.

— Pardon ? Excusez-moi, j'étais plongée dans…
(N'osant qualifier ce vagabondage spirituel de pensées, je termine par :) mon Perrier.
— S'cusez-moi mais… voilà, c'est pour un petit renseignement.
J'acquiesce de façon encourageante. Encore un touriste qui cherche à rejoindre Châtelet.
— Je sors de la pharmacie au coin là, et j'ai acheté trois lubrifiants aromatisés. Vous voudriez pas les tester avec moi ?

Voilà, c'est pour ça aussi que vivre à Paris au mois d'août est pénible. Il n'y a pas que les odeurs de merde qui remontent. Il faut vraiment que je parle à mon banquier.
— Et quels parfums avez-vous ? demandé-je poliment.
Sans se démonter, le néopunk dreadlocké (oui, difficile de qualifier son style) énumère sans regard faillir :
— Fraise, pêche et Malabar.
Non, mais… Malabar ! Je rêve.
— Sincèrement désolée. Je préfère de loin celui à la vanille. D'ailleurs, je vais devoir vous laisser, je dois aller le faire essayer à un ami.

Tout en me levant, j'analyse la situation aussi rapidement que mes neurones engourdis par la chaleur le peuvent. Soit il suit, soit il abandonne. On verra. Je me dirige tranquillement vers la Seine.

Au croisement de la rue des Lavandières et de la rue des Deux-Boules (la bien nommée), alors que mon prétendant semble s'être évaporé dans la moiteur ambiante, catastrophe. Mon sac à main (une besace Lancel en cuir vintage chinée pour vingt euros avec plein de poches, de coins et de recoins) se met à claironner *Highway to Hell.*

Gardant calme et dignité, je m'installe sur une table de terrasse d'un bar à vin pour sortir consciencieusement, au vu et au su de tous, le contenu hétéroclite de ce It bag, au risque de dévoiler une partie de mon intimité mouvementée, certes, mais néanmoins respectable.

Se retrouvent à l'air libre ma brosse à cheveux, mon portefeuille, les sachets de sucre que je pique dans les cafés (une vieille habitude, héritée d'une certaine philosophie familiale qui en substance tient en ces mots « prends ce qu'il y a à prendre »), le t-shirt de la veille roulé en boule autour de ma culotte elle-même périmée. C'est fou ce qu'on trouve dans un sac de femme. Young achève son intro à la guitare, j'ai raté l'appel. Il ne me reste plus qu'à attendre patiemment que mon répondeur fasse son boulot. Oui, connaître le nom du guitariste d'AC/DC peut étrangement faire penser à une geek dévorant *Guitar Maniac*, cependant je ne sais pas à quel Young j'ai affaire : Angus ou Malcolm ?

Une fois mes affaires rangées, j'attends poliment que mon interlocuteur manqué achève sa confession.

Trente longues secondes plus tard, je fixe mon téléphone du même œil perçant qu'une buse guettant le mouvement fatal d'une taupe innocente. Cette métaphore très « Histoires naturelles » m'inspire pour une nouvelle sonnerie : Michel Delpech et ses inénarrables oies sauvages. Ça changera des frangins survoltés.

Trois écoutes du message sont nécessaires pour mémoriser toutes les informations laissées par le notaire ; tout d'abord l'adresse de l'office notarial où je dois me rendre au plus vite, et les quelques informations sur ma prochaine enquête concernant la succession du maire d'un village du Sud-Est décédé dans un accident de la route il y a quelques mois. À l'ouverture du testament, le bénéficiaire a décidé de faire appel à ma corporation.

Merci Monsieur le Maire, grâce à vous je quitte Paris sans avoir à passer par la case banque.

Quelques stations de métro et me voici de retour en plein air, place Denfert-Rochereau, face au lion et à l'entrée des Catacombes. Le bâtiment est cossu, pierres de taille, grilles dorées et fenêtres à faire pleurer une femme de ménage préposée aux carreaux.

La secrétaire à l'accueil pose sa lime à ongles et déplace vivement une pile de dossiers d'un air affairé digne de l'Actors Studio. Ce n'est qu'une fois en face d'elle que la coquette brunette feint de remarquer ma présence.

— Bonjour, madame. Vous avez rendez-vous ?

Madame. Je ne relève pas mais cette faculté toute féminine à insinuer que vous seriez déclarée hors course lors d'une hypothétique compétition à la conquête du dernier mâle reproducteur au travers d'une simple formule de politesse me fascine.

— Je viens m'entretenir avec maître de Revalone, il m'a…

— Avez-vous rendez-vous ? M'assène-t-elle à nouveau tout en affichant un sourire figé, probablement à cause des deux millimètres d'épaisseur de rouge à lèvres fuchsia.

Ce n'est pas gagné. Elle affiche sa connerie aussi fièrement qu'un petit soldat brandissant son étendard devant l'ennemi, avec l'assurance de celle qui sait qu'elle a été recrutée pour cette compétence précise.

Je tente à nouveau :
— Maître de Revalone m'a laissé un message il y a une vingtaine de minutes. Olympe Crétin, généalogiste successoral.
La voici qui simultanément réussit la performance d'ouvrir à l'excès ses grands yeux marron maquillés à outrance tout en formant de ses lèvres un cercle fuchsia parfait :
— Ho ! C'est vous ? Je ne m'attendais pas à…
— Oui, je sais, j'ai fait vite, je n'étais pas très loin.
— Non ! Je veux dire, je ne m'attendais pas à voir quelqu'un comme vous !

Doute.

Qu'insinue-t-elle ? Comment interpréter cette remarque ? Je toise le spécimen du regard savant de l'ethnologue à la rencontre d'une peuplade inconnue. Elle aurait dû être blonde, mais elle est brune. Très brune. Trop brune. Tout en elle est trop. La jupe est trop courte, les ongles trop longs, les talons trop compensés et le sac Vuitton trop Barbès.

Elle n'a pas tort, un monde nous sépare.

— Eh bien, si cela peut vous rassurer, je m'attendais tout à fait à quelqu'un comme vous.
Subrepticement, il me semble déceler une lueur interrogative dans un néant infini.

Chapitre 2

19h30 : me voici de retour dans mon 34 m^2 bellevillois.
Cela fait quelques années que j'y habite. J'ai eu le temps d'apprendre à connaître mes voisins, et malgré leurs défauts, je n'en changerais pour rien au monde. C'est un peu comme si nous formions une grande chaîne solidaire de gentils névrosés.

Mon voisin de palier est un taxidermiste amateur, être asexué et transparent, autour duquel flotte une odeur entêtante de moisi. La responsable commerciale qui vit au-dessus de ma tête calque ses humeurs de voisinage sur ses affaires de cœur et saisit le moindre prétexte lors de ses périodes de célibat pour tester sur moi son pouvoir de séduction.

Il y a également la mamie du dessous qui passe son temps à laisser des mots dans l'ascenseur adressés aux esprits frappeurs, et l'étudiant qui nous fait partager ses nuits agitées.

C'est un immeuble peuplé de célibataires s'accommodant tant bien que mal de leurs fêlures, dans lequel personne ne s'offusque de croiser de temps en temps un ou une inconnue rendant visite aux plus chanceux d'entre nous.

Ignorant les montagnes de vêtements subtilement disséminés en quantités égales dans les deux pièces, et l'empilement improbable de vaisselle sale défiant les lois de l'équilibre — comme si l'évier de la cuisine constituait à lui seul un univers parallèle dans lequel Newton et Galilée auraient tout faux ; peut-être qu'en attendant encore quelques jours, un phénomène de création spontanée d'une nouvelle forme de vie fera de ma cuisine une nouvelle énigme pour la communauté scientifique internationale —, je libère un côté du canapé, m'attardant quelques secondes sur un t-shirt dont j'ai oublié le propriétaire. Enfin, le prénom, parce que le reste je m'en souviens. Un blond au look et au physique de surfeur, mais Parisien de toute son âme. Autant dire qu'un surfeur parisien, ça laisse perplexe. Ce doit être ce paradoxe de personnalité qui a éveillé ma curiosité, assorti de quelques tequilas frappées, boisson thématique de cette soirée d'anniversaire d'une amie d'amie d'amie.

L'entretien avec maître de Revalone me laisse songeuse. Un verre de rosé frais à la main, je récapitule :

le maire d'un village perché des Alpes-Maritimes au doux nom de Gilette (que j'imagine peuplé d'hommes musclés torses nus se déboîtant la mâchoire inférieure la main sous le menton) est décédé en février dernier dans des circonstances peu banales. Le brave homme de 56 ans, à la mâchoire plus carrée que les autres car sinon comment aurait-il pu obtenir le suffrage de ses congénères, a perdu le contrôle de sa voiture en rentrant de sa veillée belote hebdomadaire, et s'est retrouvé cent mètres en contrebas de la route sinueuse. L'enquête a révélé que la chute n'a pas été fatale, mais que l'homme que je fantasme en apollon de salle de bains est mort de froid en tentant désespérément d'escalader la paroi, sans pouvoir appeler au secours. Comme quoi, oublier son téléphone peut s'avérer fatal.

Je ne suis pas de ceux qui pensent que notre destin est écrit, que nous sommes des pions dans le roman de nos vies. L'idée d'une entité supérieure décidant des aléas de nos vies d'un claquement de doigts réveille en moi un sursaut de fierté qui me rendrait capable de partir élever des chèvres au Larzac par pur esprit de contradiction. Un éclairé en psychologie jugerait sûrement qu'il s'agit là d'une attitude révélant une adolescence mal vécue en raison d'un complexe œdipien non abouti, ce à quoi je répliquerais que les coucheries dudit « pieds enflés » n'ont rien à voir avec mon ego, mais force est de constater que lorsque votre heure a sonné, on ne peut pas lutter.

À l'ouverture du testament de ce divorcé officiellement sans enfant, on apprend qu'il lègue tous ses biens à sa fille illégitime (cause du divorce, subodoré-je), à la condition expresse qu'elle restitue à qui de droit un violon qu'il conserve précieusement. L'instrument aurait été confié dans d'obscures circonstances à la mère de cet homme, soixante-dix ans auparavant.

C'est le fruit de ces amours extraconjugales en personne qui fait appel à moi, car cette demoiselle Desprès a besoin de mes compétences pour retrouver la famille du violoniste inconnu. Je me promets de la contacter au plus vite, notant en format affiche son nom et numéro de téléphone sur mon réfrigérateur, seul mobilier de l'appartement ne risquant pas de disparaître sous un amas de tenues laissées pour compte après une séance sauvage d'essayage.

Pour l'heure, après cette méditation Sainte Roseline-cacahuètes, je dois m'apprêter. Comme tous les mardis, nous nous retrouvons au Eagle avec ma bande d'amis. Il y aura moins de monde que d'habitude, mois d'août et veille de jour férié obligent. Mais je peux compter sur deux couples d'amis : Maxime et Andrew, le couple de l'amitié franco américaine, ainsi que Manuel et Qin (prononcez tchin), symbole du rapprochement sino-européen. À y bien réfléchir, mon célibat n'est pas si étonnant. En fréquentant le milieu gay parisien (par ailleurs très international), c'est sûr que les possibilités sont réduites...

Cette semaine, c'est soirée blanche. Contrairement à ce que l'on pourrait penser, ce n'est pas un revival des années Barclay, mais plutôt un concept totalement homophilosophique développant l'idée : « Nous sommes tous pureté et bonheur », une sorte de soirée à la gloire des anges des backrooms. La semaine dernière, le seul hétéro de la salle était le barman. Mais comme il portait un t-shirt signalant « not tonight, I'm drank », je me suis contentée de discuter friperies avec Andrew, comparant nos dernières trouvailles en sirotant un Cosmopolitan. C'était une soirée « cinéma ». Les costumes étaient variés, c'est le moins qu'on puisse dire. Tous n'avaient pas autant investi dans les tenues, car après tout, il y a toujours des figurants lambda dans les films. Nous avons tout de même noté quelques costumes surprenants, notamment celui du gimp de *Pulp Fiction*, porté avec une telle conviction que cela donnait une furieuse impression de premier degré, le bonheur simple affiché de celui qui peut enfin révéler au monde son amour du cuir et du latex. Le choix était d'autant plus courageux que la température ambiante à ce moment avoisinait les 35°, ce qui nous a confortés dans l'idée que cet homme sacrifiait son bien-être pour défendre une conviction profonde.

La vie ne manque décidément pas d'ironie. Alors que ma voisine lesbienne se fait inviter par ses collègues masculins à des soirées putes et macs (invitations qu'elle s'ingénie à décliner, avançant des prétextes plus ou moins crédibles allant du simple « je ne suis pas d'humeur » au moins réaliste « encore ? j'en ai déjà fait trois la semaine dernière »), j'en suis de mon côté à réfléchir à ma tenue pour rejoindre la grand-messe hebdomadaire du gay Paris.

Ce soir, ce sera robe trapèze Courrèges dégottée en brocante, mules Gucci et petite pochette pour glisser mon kit de survie : minibrosse à cheveux, poudrier, échantillon de parfum et, soyons optimistes, préservatifs.

Rendez-vous dans 40 minutes. Mon brushing est à peine amorcé et le rosé est fini. Sèche-cheveux dans une main, brosse ronde dans l'autre, bain de bouche en action et fouille du pied droit dans la pile de chaussures, je suis large. À l'impossible nul n'est tenu, mais il y a des défis qu'une femme se doit de relever. Et puis, Sainte Roseline est avec moi…

Chapitre 3

Aïeuuuuuu !

J'essaye de tourner la tête et ça fait mal. Avant d'ouvrir les yeux, j'envoie ma main droite en reconnaissance. Ça ressemble bien à mes draps, il me semble reconnaître ma table de nuit. Plus aucun doute, en tâtonnant plus avant voici mon étui à lentilles, le petit bidon du liquide hydratant-nettoyant-décontaminant-rinçant qui va avec, mon réveil à l'ancienne avec les deux cloches en métal. C'est sûr, je suis dans mon lit. Doute, ma main s'attarde sur un emballage métallique rectangulaire.

Instinctivement, la main gauche se met en action. Après moult tapotages, l'information arrive péniblement à mon cerveau. Il y a quelqu'un dans mon lit.

Surtout ne pas ouvrir les yeux. Rester concentrée. Rassembler ses neurones. Ce n'est plus un poussin qui me picore le cortex, c'est un vélociraptor.

Le barman. Merde. Le barman est dans mon lit. Le digne représentant de l'ère du crétacé s'envole vers de nouvelles aventures telles les douleurs musculaires du sportif lorsqu'il reçoit la médaille olympique. Un sourire intérieur m'envahit, que je ne me sens pas la force de répercuter extérieurement. Ce sentiment de plénitude est de courte durée : *Highway To Hell* fait son retour.

Mais qui ose m'appeler un 15 août au matin (un rapide coup d'œil au réveil me précise qu'il est 14 h 30), au lendemain d'une soirée blanche, alors que je me réveille aux côtés du barman tant désiré ?

Hier, je m'imaginais passer cette journée avec Charlie Sheen dans *Mon oncle Charlie* et une tablette de chocolat en tête-à-tête avec l'ordinateur. Il y a quelques secondes, j'imaginais fêter l'Assomption de Marie en m'envoyant moi-même au septième ciel (quel plus bel hommage), et voilà que la descente aux enfers commence.

— Allôôôôô ? lancé-je, le ôôô légèrement guttural.

— Mademoiselle Crétin ?

Par égard pour mon patronyme, je m'abstiens de répondre : « Oui, crétine ». Comme je me contente d'un simple « ouiiiiii ? » éraillé, la voix féminine poursuit :

— Excusez-moi de vous déranger un jour férié, mais maître de Revalone m'a communiqué votre numéro de téléphone. Je suis Roselyne Desprès, je vous contacte au sujet d'une succession… particulière.

Roselyne… Sainte Roseline la traîtresse, ma compagne de brushing et coupable de mes matins douloureux. Je ne réagis pas immédiatement. Tout au plus puis-je éructer un « heuuu » à la fois rauque et nasal, genre de son caractéristique d'un lendemain de soirée d'excès.

Elle enchaîne :

— Je tenais à vous contacter rapidement, car je dois faire face à une succession pour le moins inhabituelle. En effet, mon père que je n'ai jamais connu me lègue ses biens...

Je la coupe, abrégeant ainsi mes souffrances encéphaliques :

— À condition de restituer un violon à la famille de son propriétaire, que votre grand-mère que vous n'avez jamais connue a gardé toute sa vie et a transmis à votre père qui lui-même vous fait du chantage post mortem pour que vous fassiez le boulot qu'il aurait dû faire. C'est une sacrée tuile ce qui vous arrive. Je prends un billet de train au plus tôt.

Deux trois formules de politesse plus tard, c'est vers ma cafetière que je me tourne. Certains matins comme celui-là, je me demande pourquoi je résiste encore à l'appel de la cafetière à dosettes pour persévérer avec ma cafetière italienne.

Au lieu de George Clooney m'apportant un expresso en me susurrant « What else ? » après une folle nuit d'amour, je cherche désespérément mon allume-gaz, à l'affût d'un signe de vie de mon barman, tout en tentant vainement de reconstituer le fil de la nuit. J'hésite à envoyer un message à Andrew pour lui demander son éclairage sur l'enchaînement improbable de la soirée et le pourquoi du barman (dont je n'arrive pas à retrouver le nom) dans mon lit, quand je réalise que les amoncellements de vêtements, de vaisselle sale, le cadavre de Sainte Roseline dans le salon sont autant d'éléments peu flatteurs et qu'un peu d'action serait nécessaire avant le réveil de ma conquête.

Essayant de rendre à mon appartement un semblant de dignité, tout en guettant le glouglou salvateur de ma cafetière, je songe à mon affaire. Il me faut prendre un billet de train assez vite, et rassurer ma Roselyne (pas celle du salon, l'autre).

Elle m'a dit habiter Nice.

Pourquoi le notaire chargé de cette succession est-il à Paris ? Mystère. Mais peu importe, à moi la Promenade des Anglais, l'air marin, les farcis et les heures de méditation nocturne en regardant la lune se refléter sur la Méditerranée.

Enfant, je passais mes vacances d'été chez mes grands-parents à Vintimille, de l'autre côté de la frontière italienne.

Le rituel du soir consistait en une balade au bord de mer. Nous passions devant un monument aux morts sur lequel je déchiffrais l'épitaphe « Audere Semper » (devise que j'ai faite mienne en me la faisant tatouer sur la cuisse) et je restais toujours un long moment sur la plage, que je m'imaginais se régénérer après avoir été envahie, piétinée et souillée par ces troupeaux d'estivants. La quiétude de cette plage la nuit tombée me donnait le sentiment de vivre un moment privilégié avec les éléments.

J'étais à ce moment-là une petite fille qui dominait le monde, jusqu'au moment où les adultes décidément hermétiques à la poésie de l'enfance me rappelaient pour rentrer.
— Olympe ?
Merde, mon barman se souvient de mon prénom…
— Oui ?...
J'essaye de mettre dans ce oui tous les papillons et petites fleurs possibles, afin que mon invité ne remarque pas les points de suspension qui suivent.

Après quelques cafés et un hommage à l'élévation de Marie, nous convenons de nous retrouver le soir même, mais chez lui. Le reste de l'après-midi est dédié aux préparatifs de ma virée niçoise, je réunis le nécessaire pour mener à bien ma mission : maillot de bain, crème solaire, et mon MacBook rose Barbie. Quelques clics plus tard et le e-billet imprimé, je me prépare à rejoindre Pedro.

Pedro : pas étonnant que je n'aie pas retenu le prénom du premier coup. Ni du deuxième. Pas retenu du tout d'ailleurs. Il me l'a écrit en notant son adresse. Mais je suis bien placée pour ne pas m'arrêter à un prénom.

Le train de nuit part demain soir, départ 21 h 22, arrivée 08 h 38, soit 11 h 16 de trajet. La précision des horaires a un aspect limite vicieux. Un départ à 21 h 20 et une arrivée à 08 h 40 ? Trop simple pour le préposé aux horaires. Trop facile à retenir, trop rond, trop lisse.

J'imagine qu'il a même pensé rajouter les secondes, mais que la direction a dû le freiner dans son élan en lui faisant remarquer que ça prendrait trop de place sur les écrans d'affichage, et que Simone, aux annonces, avait suffisamment de travail comme ça.

Chapitre 4

Me voici installée dans ma couchette, remerciant mon fragile équilibre psychiatrique de m'avoir épargné la claustrophobie. J'ai la vague sensation d'avoir été glissée par erreur dans le tiroir d'une morgue, recouverte d'un drap d'hôpital, en attente d'identification. De la couchette supérieure émane un ronflement étrange, entrecoupé de silences, ponctué de sifflements, puis de grognements, et retour aux ronflements. 11 h 16. Je comprends mieux la précision des horaires. Il y a certaines situations que l'on accepte mieux en leur sachant une durée déterminée. Je remercie le préposé aux horaires tel un supplicié bénissant le bourreau qui annoncerait avant d'entamer son travail combien de temps durerait la séance de torture.

Pour tromper le temps, je me remémore ma soirée chez Pedro.

Je n'avais pas décelé son côté atypique, mais j'aurais dû me méfier de son manque de réaction à la découverte de mon antre. En arrivant chez lui, c'est tout naturellement qu'il me fit visiter son appartement : salon, petite cuisine, pièce musique (monsieur a pour projet de devenir le nouveau David Guetta, je ne juge pas, chacun ses rêves), salle de bains. L'intérieur est relativement propret, la déco plutôt sympathique quoique dans un style jamaïcain assez prononcé.

Quelques verres plus tard, la conversation est à l'image de la circulation rue de Rivoli l'été : fluide mais en sens unique. Pedro m'explique la recette et la genèse du Long Island Iced Tea, cocktail apparu pour certains lors de la prohibition, les barmen rajoutant du cola pour un aspect thé glacé, boisson des *desperate housewives* de la côte est des années soixante-dix qui pouvaient s'alcooliser à toute heure du jour sans craindre les commérages… Mon imaginaire extrapole le moment où mon Larousse vivant des cocktails réitèrera ses exploits à mon égard. Je profite alors de la troisième explication (un breuvage d'aspect inoffensif servi aux jeunes filles pour les désinhiber) pour signifier à mon héros du shaker que je suis pour ma part totalement désinhibée et qu'il serait temps de songer à un rapprochement plus charnel.

Il a bien reçu le message mon virtuose du Sex on the beach. Il faut dire qu'il y a longtemps que j'ai arrêté la tactique des messages subliminaux avec les hommes, trop d'efforts pour des résultats incertains. Rien ne vaut la franchise, c'est bien connu. Mais à ma grande surprise, il m'entraîne vers le balcon du salon que je n'avais d'ailleurs pas remarqué. Mon expert du Daïquiri serait-il un grand romantique qui voudrait m'abreuver de mots doux sous un ciel étoilé (pour peu qu'on discerne une étoile dans le ciel parisien) ? Pas du tout. Pedro le roi du Mojito est un allumé qui dort sur son balcon sous une tente, au milieu de ses plants de cannabis. Une analyse rapide de la situation s'impose : le balcon est certes très accueillant et donne sur une cour intérieure, charmante au demeurant mais un peu trop sujette au vis-à-vis à mon goût. Une stratégie de retraite vers le canapé semble être un meilleur compromis, mais l'effet de surprise a joué contre moi, et mon spécialiste de la Caïpirinha est déjà sous sa tente, de laquelle je vois voler chaussettes, jean et t-shirt.

À ce moment précis, je dois me rendre à l'évidence. Soit ce type est complètement barré, auquel cas il est encore temps de prendre la porte, soit ma vision du monde est encore un peu étriquée. C'est là que la voix de la raison l'emporte : Pedro est doué pour optimiser l'espace.

Il faudra vraiment que j'informe mon compagnon de morgue qu'il est sujet à l'apnée du sommeil. Mon téléphone m'indique 2 h 52. Plus que 5 h 44 de calvaire.

Je commence à prendre goût à la précision horaire. En attendant que Morphée daigne se pencher sur mon cas, il ne me reste plus qu'à récapituler les premiers points à éclaircir dès mon arrivée. Roselyne vient me chercher à la gare. Plutôt sympathique de sa part, je compte bien commencer la journée devant un bon café en établissant avec elle le programme de ces quatre jours que j'ai prévu de passer à la Baie des Anges.

La demoiselle n'a jamais rencontré son père, et ignore totalement comment ce violon s'est retrouvé dans les mains de cette famille pendant deux générations. Une visite au village s'impose afin de trouver quelqu'un à qui le défunt maire aurait pu se confier sur cette histoire.

Quelque chose me perturbe dans cette affaire. Si je devais apprendre l'existence de mon père au moment de son décès, j'accepterais sûrement l'héritage, mais pas sous conditions. Je ne me sentirais redevable en rien à un homme qui a priori n'a même pas pris la peine de me reconnaître. Il est difficile de se mettre à la place de Roselyne, mais j'aurais du mal à accéder aux requêtes d'un géniteur inconnu débarquant dans ma vie au moment de sa disparition.

Mon corps est totalement engourdi. Si ce sont des fourmis, elles sont de compétition, génétiquement modifiées et totalement hystériques. Il semble que Morphée ne soit pas au rendez-vous… qu'à cela ne tienne,

je décide d'aller faire quelques pas pour fuir l'alternance ronflements/sifflements/grognements. Je remonte le train, tel le saumon la rivière, tout en mesurant la justesse de l'expression « faire les cent pas ». C'est en franchissant le 3e sas de passage entre wagons que je rencontre âme qui vit. Nous nous dévisageons, aussi interloqués l'un que l'autre de trouver un semblable conscient à l'heure où les inconscients sont censés se libérer en délivrant des rêves plus ou moins cohérents. (Je dors peu, c'est sûrement pour cela que mes rêves sont toujours à gros budget. Mon inconscient profite du peu de sommeil pour envoyer tout ce qu'il a : décors somptueux, scénarios à tiroirs, pyrotechnie… rien n'est laissé au hasard.) C'est mon alter ego en insomnie qui dégaine le premier :
— Ha ! vous non plus ?

Tellement choquée d'entendre une autre voix que mon bavardage intérieur, je réponds d'un regard signifiant : « Quoi moi non plus ? On se connaît ? Pourquoi tu me parles ? Ha oui, parce qu'on est deux à être réveillés dans ce train et que comme moi tu n'arrives pas à dormir, bien sûr je comprends, devisons gentiment en attendant l'aube. » Eh oui, le regard est le miroir de l'âme, que mon interlocuteur n'a pas perçu puisqu'il précise :
— Vous n'arrivez pas à dormir ?

Mon regard lui répond « mais si, évidemment, je dormais comme un bébé mais la fée clochette est venue me réveiller pour me dire qu'un inconnu privé de sommeil

avait besoin de ma présence pour tuer le temps », mais je m'entends lui répondre :
— Un enfer ce trajet.

L'homme est avenant et sympathique, quoiqu'un peu trop jeune à mon goût. Alors que nous devisons de choses et d'autres, je vois le jeune homme (maître-chien, de retour dans le sud voir ses parents) poser un regard inquiet sur moi alors que je masse mon bras gauche encore envahi d'insectes invisibles.
— Vous avez des fourmis dans le bras ?
— Des fourmis, des mouches, des asticots… la totale.
— Vous allez bien ? vous n'allez pas faire une attaque ?

Il ne va pas s'y mettre aussi. Suite à une stupide bronchite l'hiver dernier, le médecin que j'avais vu m'avait demandé après avoir pris ma tension si j'avais l'intention de faire un AVC bientôt. Puis tout en me prenant le rythme cardiaque le sage en blouse blanche m'explique ce qu'il me prédit pour bientôt, tout en commentant mon petit cœur affolé qui bien sûr se débattait comme un beau diable à l'énumération des affres que ce suppôt d'Hippocrate se plaisait à me détailler. Je suis sortie de cette consultation avec une ordonnance longue comme le bras, la phobie du caducée et une furieuse envie de fumer une cigarette en tête-à-tête avec Johnnie Walker.

Je suggère à mon charmant confident de nuit de changer de chapitre, et nous devisons ainsi jusqu'au bout du voyage. Il me confie se rendre à Carros (ville que j'imagine peuplée de Cendrillons et de citrouilles).

Je lui parle de Gilette, il confirme que ce n'est pas très loin. On aurait donc à quelques kilomètres un village d'hommes torses nus aux mentons carrés et une bourgade pleine de princesses et de citrouilles magiques prêtes à se rendre au bal. Le sud de la France est plein de surprises.

Chapitre 5

Vendredi 17 août, 11 h 50.

Roselyne est décidément très sympathique. En général j'ai un peu de mal à nouer des amitiés avec la gent féminine, dont la perfidie m'est bien connue pour en faire moi-même partie. Mais cette jeune femme ne dégage pas les habituels signaux « emmerdes assurées ». Elle est petite, très brune, les cheveux frisés coupés au carré, le sourire complice et les yeux pétillants.

Je me sens fripée vestimentairement et physiquement après ma nuit blanche made in SNCF mais rien dans son regard ne me le reproche. Sa robe longue et vaporeuse à encolure dorée est certes un peu plus

Côte d'Azur que mon « pantalon-pyjama » en lin beige, mais je ne sens aucune arrogance au premier regard. Elle me plaît bien cette Roselyne.

Nous sommes en route pour Gilette, car en récapitulant la situation à mon arrivée, il nous semblait à toutes deux essentiel de nous rendre au plus vite dans cette bourgade si sympathiquement nommée.

Notre conversation à mon arrivée me laisse encore songeuse. Roselyne est violoncelliste et enseigne depuis quelques années à Gilette. Elle connaissait donc son père, sans savoir qu'il était son géniteur qui lui avait tellement manqué. L'ironie de la vie est tellement grinçante que parfois j'ai envie de croire en un dieu, n'importe lequel, non pour le vénérer, mais pour exercer un rituel exutoire qui oscillerait entre la maltraitance et la torture.

Je comprends maintenant son besoin de répondre à la requête capricieuse de son père. Elle-même musicienne, elle sait que la valeur marchande d'un instrument n'est rien à côté de ce que peut représenter ce violon pour la famille de l'inconnu que nous cherchons. Elle m'a expliqué la rencontre entre un instrument et son propriétaire, et le supplément d'âme qui reste vivant dans les fibres du bois que le musicien s'est appliqué à entretenir et amplifier le court temps d'une vie, tout en sachant que l'instrument lui survivra et s'enrichira de nouvelles âmes pour parfaire sa palette de couleurs et d'émotions.

C'est un atout considérable que ma compagne de quête connaisse le village. Elle n'a parlé à personne de sa situation, mais me confie avoir remarqué quelques regards entendus à son passage depuis le décès du maire. Les langues se délient et les esprits s'échauffent, Roselyne doit être l'objet de bien des commérages dans le village. Heureusement qu'elle connaît la route par cœur, car entre les virages et le rallye organisé ce jour-là, j'ai cru plus d'une fois devoir remettre mes velléités de maltraiter les dieux à une vie future.

Une fois au centre de Gilette, Roselyne semble connaître toutes les astuces pour se garer puisqu'elle laisse la voiture en double file tout en m'expliquant « Je ne ferme pas la voiture, s'il veut sortir il n'aura qu'à déplacer la voiture en enlevant le frein à main. » Pourquoi pas...

Elle me propose de commencer notre approche du terrain par le Bar des Chasseurs. Je passe des soirées blanches du Eagle au bar des chasseurs. Et l'exotisme est là.

À peine la porte franchie, le baraqué gominé que je suppose être le patron se dirige vers ma compagne lui lançant un tonitruant :

— Ma loulette ! Mais qu'est-ce qui t'amène ?

L'appui des « e » finaux des mots est un hommage à tous les instituteurs consciencieux sur la prononciation des dictées pour mettre les élèves sur la voie de l'orthographe.

Quelle n'est pas ma surprise d'entendre Roselyne :

— Salut, Serge ! Eh bien, je suis montée avec une amie.

Tu nous mets deux plats du jour ? Si c'est la daube, sois sympa, mets la dose sur la sauce !
— Mais bien sûr, pitchounette ! Té, viens voir, tu veux te servir ?
Il lui indique des cartons de légumes amassés derrière le bar.
— C'est les colis de la banque alimentaire pour les petits vieux du village, mais on en a quatre à l'hôpital… du coup il y en a trop ! Sers toi ! t'y as un sac ? Attends, je vais te prendre un carton !
La scène est surréaliste. Nous dégustons notre daube à côté d'un carton plein de courgettes, tomates et salades récupérées de la banque alimentaire qui devait approvisionner une vénérable mamie aujourd'hui hospitalisée. Me voici plongée dans un français délicieusement chantant, une rudesse de discours si bienveillante et une convivialité bien éloignée de mes coutumes parisiennes.

Cet après-midi à Gilette doit être l'occasion d'en apprendre plus sur le mystérieux violon. Roselyne pense avoir une piste : elle enseigne le violoncelle à la compagne d'un ami de longue date du défunt maire. Ils étaient tous deux gendarmes à Monaco il y a une vingtaine d'années, et bien que leurs chemins aient été différents, leur amitié a survécu aux aléas de la vie. Peut-être que notre disparu a fait quelques confidences sur l'histoire de cet instrument. Encore faut-il prendre contact avec le dénommé Jean-Pierre, gendarme monégasque retraité.

J'argumente auprès de ma complice de daube provençale pour une prise de contact rapide, mais elle me semble mal à l'aise.
— Mon élève est en Hongrie actuellement. Elle est au mariage de sa sœur. Enfin au cinquième mariage de sa sœur. Et comme il y avait de l'eau dans le gaz avec son Jean-Pierre, elle est partie seule.
Où est le problème ? La sœur en Hongrie ? Les problèmes de couple ? Mon regard en point d'interrogation l'encourage aux confidences.
— Mais lui, il a des problèmes, me murmure-t-elle.
— Quels problèmes ?
— Il est bipolaire et ne prend pas son traitement.
Alors là, bienvenue à tous les démons. Les gargouilles de Notre-Dame se battent pour s'arracher mon cœur défaillant et mon cerveau fébrile : je pensais la piste sûre et balisée. Qu'à cela ne tienne :
— Tu connais l'adresse de ton élève et son Jean-Pierre ?
(J'ai décrété le tutoiement assez vite. Roselyne m'est sympathique, de quelques années ma cadette et semble suffisamment investie dans les recherches pour que je la considère comme une partenaire et non une cliente.)
— Oui, bien sûr, on peut y aller.

Devant la maison de ce bipolaire retraité de la gendarmerie monégasque sur lequel repose tous mes espoirs de trouver le début du commencement d'une piste, Roselyne n'est plus ni cliente, ni partenaire, mais le témoin vivant qui attestera du début chaotique de cette aventure, si j'arrive à la mener à bien, car le spectacle qui s'offre à nous au bout de ce petit chemin en amont du village me laisse perplexe.

La maison est charmante, un petit portail en métal muni d'une clochette donne l'accès aux quelques marches en pierre arpentant un petit jardinet. Un cerisier majestueux dissimule en partie la maison et maintient un ombrage bienvenu sur le salon de jardin.

Pour que le tout soit parfaitement bucolique, il eût néanmoins fallu enlever de l'arbre les crânes de boucs coincés dans les branches et à moitié dépecés par les corbeaux, décaper le salon de jardin sur lequel des motifs étranges aux couleurs incertaines ont été barbouillés, et nettoyer ce qui semble être un enclos à bétail par la saleté et l'odeur.

Alors que je m'apprête à user de la clochette, ma perspicace et avertie cicérone me stoppe d'un geste :

— Pas la peine. Il n'est pas là, il n'y a pas sa chèvre. C'est bizarre. Allons demander aux voisins où il est, peut-être l'a-t-il emmenée en balade.

Mais bien sûr. La seule piste quelque peu tangible m'amène à rechercher un bipolaire en manque de cachets parti promener sa chèvre… Je contemple l'enclos rempli de merdes et je repense aux trottoirs parisiens. Finalement le monde entier est jonché d'étrons, et à ce moment précis je me demande si les familières déjections canines n'étaient pas préférables aux surprenantes crottes de biquette.

Chapitre 6

Archives nationales (France) » F/7/15095), Camp des Milles

Notre enquête de voisinage ne nous apprend pas grand-chose, si ce n'est que Jean-Pierre est parti avant-hier dans sa décapotable, sa chèvre installée à la place du mort. Il a chargé quelques bagages, ce qui laisse présager un road trip insolite. Je l'imagine parti rejoindre sa douce et tendre en Hongrie, mais Roselyne peine à croire à cette supposition.

De retour à l'hôtel à Nice, une fois mes quelques affaires installées, je suis quelque peu désœuvrée. Mon enquête ne commence pas sous les meilleurs auspices, et aucune stratégie ne se dessine.

Alors que je m'entraîne depuis plus d'une demi-heure à faire le poirier (vieille technique développée en Allemagne lors d'une précédente enquête qui m'aide à réfléchir, sûrement l'afflux sanguin au cerveau), je décide de me rendre à Vintimille, sur les traces de mon enfance. En plus, c'est jour de marché, ça me rappellera les séances de fauche organisées lorsque ma grand-mère accaparait l'attention des vendeurs pendant que je glissais des articles de l'étal dans mes poches. Chaque vendredi était un nouveau défi… pas une fois nous ne nous sommes fait repérer. Peu importe ce que nous rapportions, c'était juste pour la beauté du sport.

J'arrive en gare de Vintimille à la fin du marché. Quelle n'est pas ma déception de constater à quel point les choses ont changé. Plus un seul étal de maroquinerie, d'articles en bois d'olivier ou de linge brodé. Des fringues, des coques de téléphone et des contrefaçons grossières. Le monde change si vite que ça ?

Heureusement le glacier de mon enfance est toujours là, le meilleur du monde puisqu'il a pour moi le parfum de l'insouciance des longs congés d'été. Alors que je savoure ma « coppa due gusti fior di latte e viola, grazie mille », mes yeux balayant cette Via Roma qui était mon royaume de petite fille, mon regard reste bloqué sur le kiosque à journaux d'en face. Mon italien est plus qu'approximatif, mais en fixant la une du *Corriere della Serra*, après avoir remplacé les « i », les « o » et les « a » finaux par des « e », je comprends qu'un Français est au consulat de France de Milan avec une chèvre. Cet homme se rendait en Hongrie, mais se retrouve bloqué faute de pouvoir faire le plein de sa décapotable, sa carte visa ayant été bloquée par un banquier scrupuleux de la notion de découvert.

Je n'ai jamais entretenu de rapports chaleureux avec les membres de la guilde des banquiers, mais je bénis celui qui par son zèle professionnel a stoppé net mon gendarme retraité bipolaire dans son entreprise farfelue.

Joindre le consulat de France à Milan un vendredi soir n'est en soi pas très compliqué. Un numéro d'urgence existe comme pour toute ambassade ou consulat. Le plus difficile est de faire comprendre à mon interlocuteur le caractère urgent de mon appel, car depuis que la presse a publié la mésaventure de « l'homme à la biquette », les appels sont nombreux pour obtenir détails et interviews. Je réussis néanmoins à amadouer le cerbère administratif en lui exposant ma profession, l'enquête en cours et la nécessité absolue pour ma petite personne de parler à Jean-Pierre. Le chien de l'enfer m'explique que les consignes sont strictes, seuls les membres de la famille peuvent joindre l'excentrique retraité. Cependant, ayant saisi l'urgence de la situation, il propose de demander au consul en personne s'il m'accorde l'entretien tant espéré. Satisfaite d'avoir évité la fin de non-recevoir, j'accepte la mise en attente avec délectation.

C'était lors d'un appel à un opérateur internet que j'ai découvert le moyen de garder ma santé mentale lors des mises en attente téléphoniques. Il suffit de mettre à profit ce temps d'écoute d'une musique souvent déprimante pour l'égayer d'une jolie chorégraphie. C'est ainsi que j'ai à mon actif le pas SFR, l'enchaînement EDF, et la danse dont je suis la plus fière, celle du service des impôts. Depuis que j'ai développé cette parade à la torture psychologique du délai d'attente, je me sens toute puissante face aux administrations en tout genre. Et c'est donc avec un plaisir naïf que je découvre la musique d'attente du consulat.

Je répète une dernière fois ma série de pas chassés quand une voix mâle et altière me stoppe net :

« Boris de La Badonnière, Consul de France à Milan. On me dit que vous insistez fortement pour joindre monsieur Serano. Pourriez-vous m'expliquer les raisons pour lesquelles je devrais accéder à votre requête ? ».

C'est qu'il se prend au sérieux le plénipotentiaire du consulat. Autant de majuscules en si peu de mots, ça vous fait prendre la mesure de votre interlocuteur.

C'est donc posément et pédagogiquement que j'expose l'importance d'un bref entretien avec son hôte, me permettant ainsi d'enfin démarrer mon enquête. Mon discours explicatif ponctué des « mmmmmh », « certes », « ouiiiiii », « je comprends », semble porter ses fruits, car Boris me remet en attente (mais je vais finir par perdre mes petits kilos en trop !) afin de demander à l'intéressé son consentement.

Pas chassés pas chassés, pleine d'espoir. Je sais que mes questions devront être pertinentes et judicieuses.

Ma persévérance a porté ses fruits.

Une demi-heure plus tard, après un entretien téléphonique à la limite du dadaïsme, me voici en possession de précieux renseignements. Je reprends espoir, même si la tâche s'annonce ardue.

L'ex-gendarme, quoiqu'un peu délirant, connaissait l'histoire du violon et, comme souvent, la petite histoire de destins individuels se trouve mêlée à la grande Histoire. Alors que mon interlocuteur me livrait un récit tout en circonvolutions, j'eus une pensée reconnaissante pour mon professeur de terminale, qui suscita deux passions dans ma vie, l'histoire contemporaine et Frédéric Dard.

La mère du maire (maman Locatelli) a grandi à Aix-en-Provence durant la Seconde Guerre. Née en 1930 (excellente année pour le calendrier chinois, puisque placée sous le signe du cheval, année plus complexe vu le contexte international), la fillette de l'époque rêvait d'apprendre à jouer du violon.

Son père, cuisinier de métier, trouva le moyen d'exaucer le vœu de sa progéniture lorsqu'il fut réquisitionné en septembre 1939 pour nourrir les internés du Camp des Milles. C'est en remplissant les gamelles des prisonniers qu'il se lia d'amitié avec un violoniste autrichien, et obtint de l'administration l'autorisation de sortir de temps en temps ce musicien afin qu'il donne des cours à sa fille chérie, en contrepartie d'un repas digne de ce nom.

Je me souviens que M. Anthony avait expliqué la brillante idée du gouvernement Daladier : interner dans une briqueterie désaffectée tous les ressortissants du Reich présents en France, considérés préventivement comme des sujets ennemis suite à la déclaration de guerre à l'Allemagne le 3 septembre 1939. En réalité, les sujets ennemis en question étaient pour la plupart des artistes et intellectuels ayant fui dès 1936 le régime nazi.

La petite fille profitait pleinement de son apprentissage musical, mais la tourmente de la Seconde Guerre allait la priver de son professeur. Après la signature de l'armistice en juin 1940, le gouvernement de Vichy s'engagea en 1942 à livrer 10 000 juifs à l'Allemagne. Commencèrent alors les convois. Le violoniste, sachant qu'un jour lui aussi serait mis dans un train pour une destination inconnue et une destinée incertaine, demanda alors au cuisinier de garder son violon chez lui, en espérant naïvement pouvoir venir le récupérer lorsque les temps s'apaiseraient. La petite fille fut privée de cours de violon, mais garda toute sa vie l'instrument de son professeur. Au décès de cette dernière, son fils entreprit quelques recherches pour retrouver la famille du musicien, tâche qui maintenant nous revient, à Roselyne et moi.

Trop concentrée à aiguiller mon bipolaire dans son récit, je ne prends conscience de la dimension romanesque de cette histoire qu'après coup.

Méditant sur l'improbabilité des croisements de vies et de leurs conséquences en sirotant un Campari au bar de l'hôtel, je pense à cette femme qui a conservé sa vie durant ce violon, et je frissonne, émue à l'idée de réparer les espoirs perdus de la petite fille du cuisinier du Camp des Milles.

Chapitre 7

Samedi 18 août.

Roselyne et moi nous retrouvons pour déjeuner dans le quartier du port. Elle a fixé rendez-vous *Chez Pipo* pour partager une socca, galette de farine de pois chiches cuite au feu de bois. Je n'ai jamais eu l'occasion de goûter cette spécialité niçoise, mais le simple fait qu'il faille la manger avec les doigts me donne un a priori très positif sur l'expérience culinaire.

C'est certainement la déformation professionnelle qui m'a poussée dans la matinée à me renseigner sur la genèse de la socca. C'est en effet surprenant d'imaginer qu'un jour quelqu'un a mélangé de la farine de pois chiches, de l'eau et de l'huile, fait cuire le tout sur un feu de bois en se disant « ça va être délicieux ». La meilleure explication que j'ai trouvée est sur le site dudit Chez Pipo.

Dans un ouvrage écrit en langue niçoise par Raoul Nathiez, « Mà qu èra Catarina Segurana ? », ce dernier met en scène les habitants de la ville assiégés par les Turcs en 1543. Réduits à déverser sur leurs assaillants de l'huile bouillante mélangée à de la soupe de pois chiches, ils découvrent incidemment la recette de la socca, laquelle calme instantanément les ardeurs belliqueuses des Turcs.

Je comprends mieux. C'est une recette trouvée sur un malentendu… On veut ébouillanter les ennemis, mais au lieu de les exterminer on leur sert par hasard une délicieuse galette de farine de pois chiches. J'imagine que le poivre était balancé des tourelles pour infecter les plaies, mais qu'une fois tombé sur les fortuites galettes, essayer c'est l'adopter, la recette de la socca niçoise était née.

C'est donc les mains grasses et rougies par la chaleur que j'expose à ma coenquêtrice mes démarches de la matinée. Après l'avoir informée de mes découvertes de la veille, je lui fais part des conseils d'un ami notaire que j'ai contacté étant donné le caractère insolite de ma mission : en effet, je dois généralement retrouver des successeurs, et non travailler pour eux afin de réaliser une condition testamentaire. Sur les conseils de cet ami éclairé, je propose à Roselyne d'établir une procuration à mon nom pour la réalisation de la clause conditionnelle. Par ce biais, elle se dédouane de la requête paternelle, et pourra faire valoir son droit à hériter même si j'échoue dans ma recherche. Le procédé est moralement douteux, mais je fais comprendre à Roselyne qu'il y a à peu près autant de chances de retrouver l'identité et les ayants droit d'un violoniste autrichien déporté que de tomber sur un Picasso dans une brocante de village.

La violoncelliste semble songeuse après cet exposé argumentaire. Après quelques longues secondes de silence durant lesquelles son esprit semble s'être envolé vers d'autres cieux, elle reconnecte brutalement à la réalité :
— Je vais demander à maître de Revalone ce qu'il en pense.
— Nous l'appellerons lundi matin, suggéré-je, consciente qu'un samedi midi n'est pas le moment idéal pour joindre une étude notariale.

Serait-elle sourde, mon initiatrice en socca ? Je la regarde, médusée, sortir son téléphone, effectuer une rapide manipulation et m'adresser un sourire désarmant tout en collant l'appareil à son oreille. Un léger soupir m'échappe, signifiant en substance : « Fais bien ce que tu veux, mais puisque je te dis qu'il faut attendre lundi, c'est pas comme si je n'avais pas l'habitude.»
— Allô ? Maître de Revalone ? Roselyne Desprès.

Heureusement que je suis assise tant ma stupéfaction est grande. J'écoute ce côté de la conversation en essayant d'imaginer l'autre partie avec la sidération d'un lapin pris dans les phares d'une voiture. Roselyne me jette des œillades mi-complices mi-narquoises, savourant son petit effet.

La conversation terminée, c'est avec le ton implorant d'une petite fille prise sur le fait qu'elle m'avoue avoir le numéro personnel du notaire. Le testament n'avait pas été déposé à l'étude, il s'agissait d'un document olographe que monsieur Locatelli avait remis à son ami, notaire de profession. Ce dernier avait donc pris contact avec Roselyne à titre personnel. Un bref résumé de l'échange téléphonique : l'idée de la procuration est validée, et par je ne sais quel tour de passe-passe une consœur niçoise de maître de Revalone nous recevra lundi matin à la première heure. C'est maître Müller qui rédigera le fameux document. Le nom de Müller m'évoque plus l'Alsace que le comté de Nice, la flammekueche plutôt que la tapenade. Passons sur l'incongruité géographique.

Une fois nos spécialités locales terminées, il semble judicieux de rentrer à l'hôtel effectuer quelques recherches. D'un côté j'ai un violon, de l'autre un Autrichien inconnu à retrouver. Roselyne m'a donné une information intéressante : les partitions accompagnant l'instrument sont des partitions d'orchestre.

Je ne suis pas spécialiste, mais si l'on me parle d'Autriche et d'orchestre, je pense aussitôt « Concert du Nouvel An de l'Orchestre de Vienne », *Le Beau Danube bleu*, champagne, *la Marche de Radetzky*, champagne, on tape dans les mains en rythme, on énumère tous les membres de la famille Strauss (Johann, Johann II, Josef et Eduard, gloire à eux) et on attend l'année d'après.

Sous l'aspect festif des dorures du Musikverein je découvre une organisation pour le moins conservatrice :

comprenez un orchestre qui accepte une femme dans ses rangs pour la première fois en 1997, et un musicien non typé occidental en 2001. Comprenez une formation dont l'un des membres déclare en interview : « Trois femmes c'est déjà trop. Lorsque nous en aurons vingt pour cent, l'orchestre sera ruiné. Nous avons fait une grosse erreur, et nous le regrettons amèrement. » Je ne sais pas qui a eu la naïveté de penser que la musique adoucit les mœurs, mais si c'est le cas cela ne doit concerner que ceux qui écoutent…

Il apparaît également que durant la Seconde Guerre, la fraternité entre musiciens n'était pas de mise. Entre 1938 et 1945, treize musiciens d'origine juive ont été congédiés, dix ont été déportés et un certain nombre, à qui l'on pardonnera l'esprit d'initiative, s'est exilé. Sur un total de 123 musiciens, 60 étaient membres du parti nazi NSDAP. Une organisation conservatrice : j'apprécie l'euphémisme.

Franchement, les fêtes de Nouvel An n'ont jamais trouvé grâce à mes yeux. Cette obligation sociale de cotillons réveille en moi un esprit de contradiction exacerbé, m'ayant déjà poussée à m'enfermer chez moi quarante-huit heures durant pour revoir l'intégrale de *Buffy contre les vampires* en comptant le nombre d'apparitions de bretelles de soutien-gorge de Sarah Michelle Gellar. Cette plongée dans les rouages de l'un des plus prestigieux orchestres du monde finit de m'écœurer de la Saint-Sylvestre et de son glorieux lendemain claironnant des promesses intenables.

Je décide de sortir de ma chambre d'hôtel pour contempler la mer sous la lumière de la lune. Un nuage passe, voilant légèrement la rondeur de l'astre. Je saisis l'instant et l'envoie à Pedro, à qui je n'ai pas donné de nouvelles depuis un moment. Il répond du tac au tac : « On dirait l'origine du monde. »

À chacun son sens de la poésie…

Chapitre 8

Il y a des lundis plus difficiles que d'autres.

Maître Müller, Christiane de son prénom, est une femme d'un certain âge, haute et large comme trois pommes. Sa poignée de main d'une énergie surprenante n'enlève rien à son air jovial et son regard pétille derrière de grosses lunettes à monture ronde.

Cela fait maintenant deux heures que nous recevons son flot ininterrompu de paroles. Je suis comme hypnotisée, car non seulement elle parle sans même reprendre son souffle, mais en plus elle s'agite dans tous les sens, passant de son ordinateur à son imprimante, découpant allègrement les documents pour les recoller sur un autre papier.

— Eh oui, car le coût de l'acte est à la page, vous comprenez ! Alors comme je n'arrive pas à supprimer tous ces paraphes qui ne servent à rien sur ce foutu écran, on va faire ça à l'ancienne avec une bonne paire de ciseaux ! Et ça qu'est-ce que c'est encore ? Inutile ! Allez ! On enlève !

La voilà en train de faire de la dentelle avec une immense paire de ciseaux dorés sous nos yeux médusés.

— Vous savez, reprend-elle, d'habitude je ne fais pas ce genre d'actes parce, que voyez-vous, c'est à perte. Mais pour Laurent, que voulez-vous, je rends service !

Non, je refuse d'imaginer ce qui peut lier Laurent et Christiane. Le temps de bloquer mentalement la vision que mon cerveau essaie de m'envoyer et me voilà replongée dans les élucubrations de l'honorable femme de loi.

— Les testaments olographes c'est bien, mais ce n'est pas adapté à toutes les situations, vous comprenez ! Et je recommande toujours de mettre un deuxième bénéficiaire. Une fois j'ai eu le cas d'un couple marié et sans enfant, elle avait hérité de biens suite au décès de son père et voulait s'assurer que ses biens reviendraient à son mari. Figurez-vous que les pauvres, ils ont eu un accident de voiture. Sans doute les pneus usés... Je ne le répèterai jamais assez, il faut toujours avoir de bons pneus. Enfin bref. Lui est mort sur le coup et elle est décédée quelques heures plus tard. Vous imaginez la situation.

Toute petite derrière son immense bureau nous la regardons taper, imprimer, découper, chercher des dossiers... Derrière elle une grande baie vitrée donne sur une cour intérieure verdoyante. Une tourterelle va et vient en roucoulant. J'essaye de me concentrer sur le chant du

volatile pour échapper à ce qui commence à ressembler à une torture mentale, mais maître Müller semble avoir un don surnaturel car elle enchaîne :
— Vous voyez cette tourterelle ? Elle a perdu son compagnon l'été dernier et depuis elle ne cesse de l'appeler. Vous savez, ces oiseaux forment leur couple à vie. Je suppose que c'est la femelle, parce que statistiquement c'est le sexe féminin qui vit le plus longtemps. D'ailleurs je me souviens d'un client, un monsieur adorable…

Courageusement, Roselyne tente une diversion :
— Mais ce ne serait pas un avocatier ce grand arbre ?
Nous échangeons le regard complice de deux otages tentant d'établir une relation de confiance avec leur ravisseur. Malheureusement, la riposte de notre geôlière est immédiate.
— Mais si ! Oh, vous vous y connaissez ! Figurez-vous que l'après-midi le soleil m'empêchait de voir mon écran et vous voyez comment la pièce est agencée, je n'ai pas d'autre solution que de mettre mon bureau à cet endroit. J'en ai parlé à ma femme de ménage qui est réunionnaise et elle m'a rapporté un petit avocatier. C'est elle qui s'en occupe, vous savez, et voilà dix ans plus tard il est devenu immense ! Lorsque c'est la saison, nous en distribuons à tout l'immeuble ! C'est bien le comble pour un notaire de travailler avec un avocat dans le dos !

Petit ricanement de circonstance, espérant ainsi calmer l'énergie linguale de cet étonnant personnage. Quelques secondes de silence, juste le temps d'entendre la lame des ciseaux découper la quinzième feuille, puis :
— Je suis sûre que l'une d'entre vous fume !

Echange de regard coupable avec Roselyne avant d'avouer piteusement :
— Oui, toutes les deux.
Christiane se lève vivement et brandit un immense cendrier en cristal qu'elle pose en face de nous en nous intimant :
— Alors, allez-y ! Fumez !
Je balbutie quelques mots expliquant que là, présentement, je n'ai pas spécialement envie de fumer, mais elle me rétorque :
—Si si, allez-y ! Ça me fait du bien, ça me calme !
Je sors alors mon paquet, et à peine ai-je allumé ma cigarette que Christiane s'en prend à Roselyne.
— Vous aussi, allez ! Ça me fait du bien, je vous dis.

Terrorisées, nous sacrifions conjointement nos poumons et nos artères pour satisfaire la Furie logorrhéique. Lorsque, enfin, cette dernière tend à Roselyne l'enveloppe recelant le précieux document, alors même que nous pensions notre calvaire terminé, le coup de grâce :
— Mais faites voir vos poignets ? Vous avez les attaches très fines ! Savez-vous que statistiquement les femmes aux attaches fines vivent centenaires ? Encore vous faudra-t-il passer la période critique… Pour les hommes, c'est entre 45 et 55 ans, pour les femmes entre 55 et 65. Si dans cette tranche d'âge vous avez la moindre douleur, courez chez le médecin ! C'est ce que je dis à tous mes clients. Mais si vous passez cette période, avec des poignets pareils, je vous le dis, vous serez centenaire.

Nous voici comme deux rescapées assises à une terrasse de café, contemplant notre trophée dans un silence régénérant. J'ai l'impression d'avoir survécu à un ouragan. Mon cerveau ressemble à La Nouvelle-Orléans après le passage de Katrina. Mais l'état de choc passé, il faut agir, déblayer pour reconstruire. Alors que mes neurones valides trient les morts des blessés, se réorganisant en une chaîne cohérente, ils semblent vouloir m'envoyer un message. J'ignore combien de temps l'état de choc a duré, mais ça y est, je reprends mes esprits.

— Roselyne ?

Cette dernière secoue légèrement la tête, comme quelqu'un se réveillant d'un mauvais rêve.

— Serait-il possible de voir le violon et les partitions ?

Ma question semble déclencher chez elle un électrochoc salvateur :

— Mais bien sûr ! Que je suis stupide de ne pas avoir commencé par là !

Elle est gentille, Roselyne. C'est tout de même mon job d'enquêter, et c'est bien moi qui me sens stupide de ne pas y avoir pensé plus tôt. Mais le tourbillon d'aventures de ces derniers jours m'a un peu déroutée. Il a fallu l'ouragan Christiane et la courageuse reconstruction de mes petits neurones pour que l'information trouve le chemin du ça au surmoi pour arriver au conscient.

Les partitions sont dans le grenier de la maison du disparu, le violon est dans un coffre-fort de banque à Nice, dont la clé se trouve avec les partitions.

Je reprends espoir. Nous allons retrouver la famille de ce musicien, et réparer ce que l'histoire a brisé.

Je me sens soudainement investie de la toute-puissance d'une héroïne justicière, surmontant avec courage et abnégation les épreuves afin de réparer les rouages brisés d'un monde déglingué.

Chapitre 9

Deux petites valises en carton remplies de partitions, et la clé du coffre-fort de banque. Voilà ce que nous trouvons dans le grenier de la maisonnette de village du défunt maire. L'occasion de vérifier mes connaissances en musique classique.

Nous remarquons tout de suite les multiples maisons d'édition : Ricordi, Billaudot, Breitkopf... Les indications de prix nous aident à comprendre que si la plupart des feuillets ont été achetés en Autriche (la mention öS indiquant un prix en schillings autrichiens), certaines partitions ont été achetées dans le pays d'origine de l'éditeur, Italie et France. Roselyne me fait remarquer que les partitions d'orchestre (parties de premier violon) proviennent toutes d'Autriche, alors que certains recueils de sonates, de caprices et de quatuors ont été achetés en Italie et en France. Les années d'édition sont pour la plupart comprises entre 1928 et 1935.

Le papier est jauni, les tranches sont légèrement déchirées, comme écorchées par les années. L'odeur est entêtante mais agréable : un mélange subtil de chocolat, de café, de bois et de poussière. Ce parfum du passé est réconfortant, et caresser ces fragiles feuillets me procure l'étrange sensation de toucher l'éternité. La grosse horloge en noyer est d'ailleurs silencieuse, faute d'avoir été remontée, et le lourd disque du pendule inanimé ressemble à un œil impassible, témoin muet de la rencontre du passé et du présent.

Après de longues heures à étudier les annotations plus ou moins lisibles, nous avons réussi à relever trois noms écrits sur différents intérieurs de couverture. Certaines partitions appartenaient à un certain Moriz Glatzer, d'autres à Franz Eisler. Un autre nom moins prometteur pour mes recherches, Giovanni Bonometti, apparaît également. Ce patronyme délicieusement chantant me semblant assez improbable pour un Autrichien, je ne relève que les deux premiers aux sonorités teutonnes prometteuses.

L'après-midi tire à sa fin, et Roselyne me propose de rester à Gilette pour la soirée, un concert gratuit doit avoir lieu sur la place du village. Elle reste évasive quand je lui demande le style de musique, se contentant de parler de culture locale et de patrimoine.

Toujours curieuse d'élargir mes horizons culturels, et n'ayant eu jusque-là que de belles surprises avec la découverte de la daube et de la socca, c'est avec plaisir que j'accepte sa proposition. Quelques heures nous séparent du concert, et Roselyne semble vouloir en profiter pour essayer d'en apprendre un peu plus sur son défunt père. Elle observe les tableaux, soulève et repose les bibelots un à un comme pour se les approprier, commente le contenu de la bibliothèque, s'adressant autant à elle-même qu'à moi.

Embarrassée, je cherche à me donner une contenance, lorsque je réalise que nous n'avons ouvert que les volets de la fenêtre de la pièce principale. Une porte-fenêtre restée close me donne l'occasion de me lever. Une fois sur le balconnet, je ne peux contenir un grand éclat de rire qui appelle Roselyne à me rejoindre. Et nous voilà toutes deux hilares, en découvrant un parterre de nains de jardin tous plus improbables les uns que les autres. Un en particulier retient notre attention : il est habillé de noir, porte une cagoule rouge ne dévoilant que ses yeux d'un bleu intense. Il tient dans sa main droite une hache ensanglantée et dans la gauche la tête tranchée d'un congénère.

Quelques longues minutes plus tard, ce fou rire libérateur une fois calmé, Roselyne scrute l'objet de notre hilarité : « Il faudrait lui trouver un prénom…

Trouvons-lui un prénom ! »

C'est alors qu'une étrange association d'idées provoque un flash immédiat dans mon esprit que certains qualifieront de tordu, d'autres de brillant : « Eugène ! Il s'appelle Eugène ! »

Roselyne me lance un regard interrogateur.

Sûre de mon intuition, je me précipite vers les étagères ployant sous le poids des disques vinyle, et quelques minutes plus tard, j'en extirpe, triomphante, l'album *Ummagumma* de Pink Floyd. Je place le disque sur la platine, et c'est en écoutant *Careful With That Axe, Eugene* que nous commençons la soirée, en dégustant un verre de Château des Demoiselles 2015 trouvé dans la cave à vin de notre hôte disparu. M. Locatelli m'apparaît à ce moment d'une agréable fantaisie, et sa fille semble être du même avis puisqu'elle suggère, l'œil pétillant : « Emmenons Eugène au concert ! »

Tout le village semble s'être donné rendez-vous. La place est noire de monde, les rires et les conversations au verbe haut sont un agréable prélude à la soirée. Le groupe monte sur scène.

Nous avons trouvé un petit muret où nous asseoir, et applaudissons les quatre musiciens qui prennent place. C'est alors que la musique commence. Certaines surprises sont telles que l'on ne peut cacher son désarroi. Ma compagne d'aventure devait guetter ma réaction, car je l'entends pouffer, alors que sortent des enceintes des syllabes improbables sur une mélodie proche de

Savez vous planter les choux. Je me sens aussi à l'aise qu'une bonne sœur invitée à une réunion sataniste, et je regarde presque inquiète le public reprendre en chœur les refrains en dialecte tout en dansant la chapelloise, le rigaudon et le cercle circassien. Même les personnes d'un âge vénérable bénéficiant d'une chaise agitent les pieds frénétiquement, comme possédées par ces mantras aux sonorités improbables.

Après une heure d'immersion totale dans la langue locale, je me prends au jeu, et c'est avec solennité que je porte la main au cœur comme tout le monde quand le chanteur annonce *Viven toujou en mountagno.* Je réussis même à chanter une partie du refrain sous le regard bienveillant de Roselyne et d'Eugène.

« Viven toujou en mountagno
Entre toui si fen coumpagno
Sian toui de bravi gent
E sian toujou countent »

Au bout d'une heure et demie, mon esprit reprend le dessus et je parviens à sortir de l'état d'hypnose dans lequel ce déferlement de « ou » m'a plongée. Je commence à me demander sérieusement ce que je fais dans cette hystérie collective. Le chanteur s'emballe, il fait fi de quelques notions musicales de base comme la justesse, et semble entrer en transe en entonnant *La Pissaladièra.*

Deux heures de dialecte. Je suis une suppliciée : *Lou galerian, Lou tren dei pigna, Coura s'en anava, Toumba l'ouliva…*

Des pensées inquiétantes m'envahissent : Eugène prend vie et va décapiter le gourou du patois. Un commando de Casques bleus vient kidnapper le barde nissart pour qu'Israël et Palestine se réconcilient en œuvrant conjointement pour le silence. Une soucoupe volante aspire le possédé du dialecte pour offrir une nouvelle enquête à Mulder et Scully.

C'est encore en état de choc que Roselyne me ramène à Nice. D'un geste mécanique, je sors de mon sac un CD que je glisse dans le lecteur de la voiture. Quelques mesures de Meshuggah et me voilà exorcisée. Cette soirée laissera néanmoins des blessures profondes dans mon ego de mélomane.

Chapitre 10

C'est mon dernier jour à Nice. Impossible de repartir sans avoir vu le fameux violon à l'origine de toute cette enquête.

J'ai rendez-vous ce matin avec Roselyne, détentrice de la clé du coffre, et le directeur de la banque. Je ne peux m'empêcher de sourire lorsque je réalise que la banque en question n'est autre que celle qui fut victime du « casse du siècle ». Profitant du long week-end du 14 juillet 1976, les cambrioleurs sont passés par les égouts pour accéder à la salle des coffres. Après en avoir forcé plus de trois cents, ils ont pris la peine de laisser un message : « ni armes, ni violence et sans haine ». Le cerveau de l'opération, Albert Spaggiari, était connu pour ses idées néonazies :

le butin aurait été destiné à financer divers groupes fascistes d'Europe. Décidément, le passé et le présent ne cessent de s'entrechoquer violemment, et je me demande si c'est sciemment que le défunt maire a choisi cette banque pour mettre en sécurité le violon de ce musicien juif autrichien. J'ai l'intuition que le hasard ne peut tout expliquer, et que lentement mais sûrement un grand puzzle prend forme.

Nous voici donc dans la salle des coffres de cette banque, en plein cœur de Nice, avenue Jean-Médecin. Roselyne serre si fort la précieuse clé que ses phalanges sont blanches. Elle tremble légèrement. Le bruit du verrou résonne et l'écho métallique prend le temps de se répercuter sur toutes les parois froides de la pièce. La porte du coffre s'ouvre, sans heurt, sans grincement, le plus simplement possible.

Un étui en bois brut de la forme d'un violon, agrémenté d'une poignée en cuir et de deux boucles métalliques sur le côté, nous apparaît. Je ne peux m'empêcher de penser aux sarcophages égyptiens, impression confirmée lorsque Roselyne, après avoir ouvert le précieux écrin, s'emploie à retirer la soierie protégeant le précieux objet.

Une vieille photo s'échappe et tombe à terre. Quatre musiciens nous regardent, comme si nous les surprenions en pleine répétition de quatuor à cordes. Ils sont assis en demi-cercle, chacun face à son pupitre, tous vêtus d'un costume sombre et d'une cravate rayée. Le premier violon fixe l'objectif d'un regard amusé, son instrument reposant verticalement sur son genou gauche. Le second violon semble plus âgé. On n'aperçoit que le manche de son instrument qu'il a placé entre son buste et son bras droit. Le violoncelliste esquisse un léger sourire, son instrument légèrement penché comme s'il s'apprêtait à le poser. L'altiste quant à lui tourne la tête vers l'objectif, le visage fermé et le regard sérieux. Au dos de la photo, une date griffonnée : mars 1932.

Tandis que je glisse la photo dans mon sac, Roselyne finit de démailloter l'instrument. Il est d'un beau marron foncé, les veines du bois presque noires. Sur les éclisses, le bois est devenu plus clair à l'endroit où vient se placer la main du violoniste. Il y a quelques éclats de vernis, quelques meurtrissures et une réparation visible au niveau de la mentonnière. Les cordes sont oxydées et complètement détendues, mais il est malgré tout magnifique. Il me fait penser à une vieille belle personne, de celles que l'on croise parfois et que l'on ne voit pas ridées, mais assumant fièrement les sillons que le temps a creusés, comme autant de preuves de leur grande expérience.

Roselyne oriente le violon de façon à pouvoir lire l'étiquette à l'intérieur… Sa voix est douce, mais elle fracasse le silence absolu de ce moment. « LOUVET, luthier à la Vielle Royale, rue Croix-des-Petits-Champs, à côté de la petite porte Saint-Honoré, à Paris 1786 ». Avec de telles indications, ce luthier du 18e siècle est un précurseur du GPS.

Je tombe instantanément amoureuse de cet objet qui m'apparaît comme incarné. Parodiant Napoléon, je songe que du haut de cette frêle volute, 230 ans d'Histoire nous contemplent.

Mon train part dans quelques heures. Je promets à Roselyne de la tenir informée de mes recherches. J'ai deux noms et une photo, ce qui est largement suffisant comme base de recherche.

Avant de repartir pour Paris, je décide d'aller me promener dans la vieille ville. Si Paris me semblait vide en ce mois d'août, les ruelles étroites du vieux Nice regorgent de shorts trop courts, de sandales avec chaussettes et de décolletés plus ou moins agréables à regarder. Certains semblent avoir oublié que la proximité des plages ne fait pas d'un maillot de bain une tenue de ville. Il est si facile de reconnaître le touriste du natif !

En regardant les façades d'immeubles aux tons jaunes et ocre, j'imagine l'enfer de l'été pour les habitants. Ce flot continu d'estivants grisés par tant de soleil et de lumière doit être l'explication à ces persiennes inclinées. Quelques scooters cherchent à se frayer un chemin en klaxonnant dans l'indifférence générale. On entend parler anglais, russe, japonais… Je suis emportée dans un flot humain incontrôlable. Si certains pensent que la vie à Paris est intenable, je les mets au défi de supporter un été entier dans ce quartier.

Je sursaute. Ce séjour dans Nice a été trop court pour que je puisse m'habituer au coup de canon de midi. À l'origine de cette tradition niçoise, un ancien colonel de l'armée anglaise particulièrement soucieux du bien-être de son estomac, puisque c'est le moyen qu'il avait trouvé pour signifier à son épouse qu'il était temps de rentrer lui préparer à manger. Après le départ de l'excentrique gentleman, la population réclama le maintien du « canoun de miejour », et voilà 130 ans que tous les midis un coup de canon fait sursauter les touristes et rappelle aux Niçois de passer à table. Une chance que le brave homme n'ait pas eu besoin d'une collation toutes les deux heures, la tradition en eût été nettement moins sympathique.

Je m'assoupis dans le train. Je ne dors pas vraiment, mais mes pensées vagabondent.

S'y retrouvent pêle-mêle une chèvre dans une voiture de sport, un notaire hystérique, une farandole de nains de jardin dansant autour d'un violon, un quatuor à cordes en pleine répétition, une petite fille entourée de partitions…

C'est un peu comme si mon esprit infusait les informations de ces derniers jours. Une image me tire de mon doux délire : ce violon muet dans ce coffre froid du sous-sol de la banque. Maintenant que je l'ai vu, je ne peux rester indifférente à son sort. Il faut le sortir de cette prison, l'entendre à nouveau vibrer, le bois doit redevenir vivant.

Je ressors la photo et me concentre sur le visage des deux violonistes. L'un d'eux serait-il Moriz Glatzer ou Franz Eisler ? Ils semblent tellement vivants et insouciants sur cette photo. Sept ans plus tard, l'un de ces visages ne sera qu'un numéro du Camp des Milles.

Chapitre 11

Le périple n'a duré que quelques jours, mais les événements se sont enchaînés avec une telle rapidité que j'ai l'impression d'avoir quitté mon nid parisien depuis plusieurs semaines. J'hésite à reprendre contact avec mon Pedro, mais un doute raisonnable sur sa capacité à partager mon enthousiasme m'envahit. Un message laconique l'informant de mon retour à la capitale suffit à régler ce léger cas de conscience. En réalité, mes pensées vont vers Roselyne et ce violon.

Il est 23 h 30 environ quand je retrouve mon précieux chez-moi. Les esprits frappeurs qui obsèdent ma voisine n'ont pas daigné venir faire un brin de ménage et j'occulte l'amas de paires de chaussures dans l'entrée, les piles de vêtements et la délicate couche de poussière qui donne une touche rétro à ma bibliothèque. J'ai pris soin de m'arrêter à l'épicerie du coin afin de m'approvisionner en Yop framboise : lorsqu'il fait chaud je pourrais ne m'alimenter que de ce breuvage délicieusement régressif. Il est précisé sur l'étiquette « arômes naturels, sans colorants », puis plus bas, « parfum framboise »… donc les arômes sont naturels, mais pas franchement de framboise. En fait, je ne veux pas savoir les détails de fabrication. Il fait trop chaud pour manger, j'ai besoin de calories et je déteste le gaspacho. Le concombre c'est pour un masque anticernes, la tomate c'est en salade avec de la mozzarella di Bufala mais sans basilic s'il vous plaît (je n'aime pas trop mâchouiller des herbes), et la nuit ne fait que commencer. Assise devant mon MacBook, mon verre de Yop framboise à portée de main, j'entame les recherches.

Je suis bien sûr inscrite sur une grande partie de sites généalogiques, ce qui parfois me donne un début de piste : encore faut-il un passionné de généalogie dans la famille. Je ne peux me fier entièrement à ces sites, mais il faut avouer qu'ils m'ont souvent permis de commencer une enquête.

En cherchant le premier nom, Moriz Glatzer, j'éprouve la même joie que le pêcheur qui lance pour la première fois sa ligne et remonte un brochet de dix kilos. Voilà une page le résumant : « Né le 16 janvier 1896, décédé en 1943 à Terezín. Victime de l'holocauste. »

Une photo montre un garçonnet en culottes courtes jouant du violon. Je regarde d'un peu plus près les liens des membres de la famille : cet homme a été marié deux fois, mais n'a pas eu d'enfant. Sa première épouse est décédée à l'âge de 23 ans en 1931 des suites du diabète, la seconde en 1945 à Auschwitz, la mention de « victime de l'holocauste » apparaissant à nouveau.

En recoupant la Grande Histoire, froide et chirurgicale qui égrène des dates, des noms de batailles et des nombres de morts, avec le petit destin individuel de Moriz Glatzer et son épouse Anna, je m'aperçois qu'il est plausible que le violoniste soit passé par le Camp des Milles, puisque c'est en 1942 que la France commença à envoyer les juifs détenus en Allemagne.

À mesure que la bouteille de Yop se vide, le silence de la nuit se fait pesant. Moriz avait un grand frère, Emil, marié à Laura. Le couple est décédé à Riga le 11 janvier 1942. « Victime de l'holocauste ». Ils avaient deux enfants : Alfred et Rudolfine. Cette dernière est décédée à Treblinka en 1943. « Victime de l'holocauste ». Alfred s'est engagé dans l'armée américaine en 1942. Le fiston a donc réussi à s'exiler… mais alors qu'il rejoignait l'armée américaine, que se passait-il ce 11 janvier 1942 à Riga ?

Les autorités allemandes déportèrent vers la capitale de la Lettonie environ 1500 juifs, dans des conditions telles que la plupart mourut pendant le trajet. Ceux qui arrivèrent à bon port furent triés, et les moins valides assassinés.

Que s'est-il passé pour Emil et Laura ? Ont-ils été exécutés ensemble ? Lequel a vu partir l'autre en premier ? Est-elle morte de soif dans ce train, malgré les efforts d'Emil pour détacher de petits bouts de glace des fenêtres pour tenter de l'hydrater ? Personne ne saura jamais si Laura a vu son mari abattu d'une balle dans la nuque en attendant son tour. Personne ne saura quels mots ont pu s'échanger ces deux victimes en réalisant que ce train les menait à la mort. Ils ont dû penser à leurs enfants, espérant qu'ils échapperaient à cette folie destructrice. Ils ont dû chérir le secret espoir que leur progéniture échapperait à leurs souffrances. Rudolfine de son côté a peut-être pensé jusqu'à son dernier souffle que son frère et ses parents s'en étaient sortis, seule rédemption possible à sa fin précoce. Son frère Alfred, exilé au Michigan, devait avoir la certitude de retrouver sa famille. Si je dois retrouver une descendance à mon violoniste, son neveu est mon seul espoir. Il est le seul à ne pas avoir la mention « Victime de l'holocauste ».

Il est 2h00 du matin. Je suis seule face à ces fantômes de l'Histoire. Des noms, des dates, des faits. Naissance, mort. À moi d'imaginer le reste, tout le reste. La peur, le froid, l'angoisse, la faim, l'espoir, l'incompréhension, la solitude.

Une pulsion de vie et je ferme l'ordinateur d'un geste réflexe, avec la même énergie que celui qui se noie met dans son coup de pied pour remonter plus vite à la surface. Une grande bouffée d'oxygène, je reprends mon souffle, et machinalement j'envoie un message à Pedro : « dispo ? »

Une vingtaine de minutes plus tard, alors que je tourne en rond autour de la table basse dans un état proche de l'auto-hypnose, un tapotement discret à ma porte me rappelle à la réalité. En ouvrant la porte je remarque aussitôt son t-shirt, représentant un alien se brossant les dents et portant comme légende « Alien fraîche ». C'est mon Pedro tout craché. Il n'a même pas le temps d'ouvrir la bouche que je lui ai déjà enlevé sa créature. Pas question d'entendre ses élucubrations sur les cocktails à la mode : j'ai une pulsion violente de vie, là, tout de suite.

5h00. Pedro dort, un petit sourire flotte sur son visage. Ma pulsion de vie était impérieuse. Je fixe le plafond et j'écoute les bruits de la ville qui reprend vie. Les éboueurs, les fêtards éméchés, le bruit métallique des étals du marché de Belleville qui s'installe... Un petit air de flûte et la voix de Dutronc dans ma tête, Paris s'éveille, et je n'ai pas sommeil.

Chapitre 12

De la famille Glatzer, le seul membre à ne pas être mentionné « victime de l'holocauste » est Alfred, le neveu de Moriz. Je continue mes recherches sur ce site de généalogie en espérant trouver un descendant à contacter. Quelques clics plus tard, alors que Pedro est toujours assoupi, l'excitation est à son comble : j'ai un nom, et même un lien pour le contacter.

Alfred s'est marié avec Judith Ann, infirmière de profession. J'imagine qu'ils se sont rencontrés entre 1942, date d'enrôlement d'Alfred dans l'armée américaine, et 1945. De leur union sont nés quatre enfants. Deux d'entre eux sont mentionnés en profil privé, seules deux filles sont identifiées : Mia et Margaret. La première apparaît toujours sous le nom de Glatzer, et semble sans descendance, alors que Margaret se nomme désormais Boone. Cette femme est apparemment décédée en 2010, mais c'est l'un de ses garçons, Brian Harris Boone III, qui est administrateur de la page familiale, et qui semble joignable par mail via le site.

Prendre contact avec des héritiers qui ne s'y attendent pas est toujours délicat, mais présentement la tâche est périlleuse. Il me faut résumer à Brian Harris, troisième du nom, mon métier, le sens de ma démarche, tout en lui expliquant que je ne suis pas sûre de contacter la bonne personne. Je suis consciente que le système législatif américain n'est pas semblable au nôtre, et que la France a toujours eu un amour immodéré des textes, des lois et du droit. Ce n'est pas pour rien qu'en chinois, France se dit « Faguo », littéralement « pays des lois ». Je rédige un message, le plus simple possible, dans mon meilleur anglais, en joignant le scan de la photo du quatuor à cordes. Je cherche surtout à établir la certitude du lien familial entre Brian et Moriz. Ce message sera probablement aussi efficace qu'une bouteille à la mer, mais il faut tenter.

Il est 10h00. J'ai faim. Ma nuit de recherches entrecoupée de performances charnelles justifie une petite visite à la boulangerie du coin. Je ne sais pas si le brave homme qui pétrit le pain pour le quartier était d'humeur blagueuse, sous l'emprise de drogues ou tout simplement à côté de ses pompes lorsqu'il a trouvé le nom de sa boutique, mais voilà, ma boulangerie de quartier s'appelle La gerbe d'or.

J'ai remarqué que les boulangeries, les coiffeurs et les fleuristes étaient des spécialistes du jeu de mots le plus incongru : Start'hair, Vert tiges, La mie du pain… et donc, La gerbe d'or. Attenant à la boulangerie il y a un jardinet, qui doit son existence à un puits classé par la ville de Paris. Après des semaines de pourparlers avec la mairie, mon fournisseur de croissants préféré a obtenu l'autorisation d'y mettre quelques poules, qui sont devenues l'attraction du quartier. En passant devant, je remarque que les petits poussins de la semaine dernière sont devenus de sympathiques petits poulets, encore frêles et maladroits, mais le plumage a changé, les ailes sont maintenant plus volumineuses, et le bec bien solide. En m'attardant quelques secondes à les observer, l'un d'eux, joli petit rouquin, vient me saluer en caquetant. C'est idiot, mais rien que pour avoir réussi à faire plier les rouages administratifs d'une bureaucratie imperturbable, j'admire mon boulanger, et lui pardonne son malheureux choix d'enseigne.

J'avais mal jugé Pedro, il est tout à fait apte à écouter. À moins que les croissants soient l'explication à son silence. Je peux tout lui résumer d'une traite. Alors que je lui explique les sentiments éprouvés en voyant le violon, l'intime conviction de me trouver face à un objet chargé d'âme et le profond respect que m'inspire l'instrument, Pedro tente néanmoins de montrer son intérêt pour mon récit :

— C'est un Swarovski ?

Je ne comprends pas sa question. Il le lit aussitôt sur mon visage puisqu'il précise :
— Le violon, c'est un Swarovski ?

Mon fou rire est incontrôlable. J'essaye d'articuler quelques mots sans succès, et le regard interrogateur de Pedro ne m'est d'aucune aide. Une fois que je suis calmée et explication faite de la différence entre la marque de bijoux et Stradivarius, Pedro est tellement penaud que je ne peux m'empêcher de l'interroger sur ses occupations en mon absence. J'ai bien conscience d'être en ce moment d'un égoïsme outrancier, et je suis reconnaissante de sa patience et de sa sollicitude.

Sans surprise, le Paganini du Cuba libre a travaillé sur de nouveaux cocktails qu'il me propose de venir goûter chez lui ce soir. Rendez-vous pris, je prends le parti d'aller me reposer quelques heures, ma nuit blanche commence à peser sur mes paupières.

Il est 19 h 00 lorsque j'arrive chez Pedro. Il semble très impatient de me faire tester ses créations.

Les bouteilles sont alignées sur la table basse comme un bataillon prêt au combat alors que le shaker et le seau à glace sont légèrement excentrés, comme pour marquer une supériorité hiérarchique. Pedro explique avoir travaillé sur trois créations, directement inspirées de ma personne. Certaines femmes inspirent peintres ou écrivains, d'autres des sculpteurs ou des compositeurs : il y a eu Gala pour Salvador Dalí, Marie Laurencin pour Guillaume Apollinaire, Camille Claudel pour Rodin et Clara pour Robert Schumann. Désormais, il faudra compter sur Olympe, muse de Pedro, le *flair bartender*. Je me sens sincèrement flattée en le regardant préparer son premier chef-d'œuvre : un mélange de rhum, de citron vert, de purée de fraises et de champagne.

Je déguste la première gorgée de ce breuvage « hommage » à ma personne, quand Pedro m'annonce fièrement :

— Je l'ai appelé « le point G » !

Alors que je manque de m'étouffer, mon ego chute à la vitesse de la lumière. Je m'attendais à un nom légèrement sulfureux, subtilement coquin, allusion discrète à nos ébats passionnés. Dans son enthousiasme, mon amant ne semble pas remarquer mon désarroi puisqu'il insiste :

— Je l'ai créé un soir en pensant à toi, tu me manquais.

Je rassemble tous mes talents de diplomatie pour lui répondre :

— Il est vraiment excellent, mais le nom, tu es sûr ?

— Mais oui ! me répond-il, il a eu un succès d'enfer l'autre soir au Eagle !

Je rêve. Tout le milieu gay parisien s'est entiché de mon point G.

Il se lance dans la confection d'un deuxième verre, utilisant cette fois-ci du gin, du Schweppes, un fruit de la passion, du citron et du concombre. Tout à son affaire, il m'explique :

— Celui-ci c'est pour te faire comprendre comment je me sens avec toi.

Ce devait être plus simple pour Clara de comprendre les sentiments de Robert à son égard en écoutant sa musique que pour moi de décrypter les ingrédients d'un cocktail. En voyant le concombre, j'ai tout de même une petite idée, confirmée par le sourire béat de mon créateur génial qui me tend son œuvre en m'annonçant :
— L'Anaconda !

La troisième et dernière composition de Pedro m'achève, tant physiquement (à ce stade, j'ai quand même dans l'organisme du rhum, du champagne, du gin, de la vodka et de l'Amaretto, et mon quota de cinq fruits et légumes) que moralement lorsqu'il m'apprend que le « Jacquie et Michel » a également eu son petit succès lorsqu'il l'a proposé en cocktail du jour.

Ce garçon est improbable. Il est comme un diamant brut, un petit caillou précieux dont personne ne soupçonne la valeur. Ses attentions sont maladroites mais sincères, son enthousiasme est communicatif, sa façon de penser surprenante. À ses côtés, je me sens vivante. Je me glisse sous la tente du balcon, et j'oublie Roselyne, la famille Glatzer, et le violon. Demain sera un autre jour.

Chapitre 13

L'été est bien fini.

Paris a retrouvé ses couleurs automnales, le nuancier complet de marron des feuilles de platanes et les gris infinis des vieilles pierres. Les jours raccourcissent, la lumière s'estompe, et je retrouve ma ville en noir et blanc. J'aime Paris la nuit, de préférence sous la pluie. Les pavés luisants reflètent la lumière des réverbères, les façades des monuments retrouvent leurs airs mystérieux, et les statues comme les gargouilles de Notre-Dame enveloppées d'obscurité semblent prendre vie.

Aujourd'hui le *Grand Georges* s'en fout peut- être, mais en ce 22 septembre l'improbable se produit : Brian Harris Boone III a répondu à mon mail.

Pour être tout à fait honnête, sa réponse date de trois jours, et c'est par un incroyable hasard que sa missive me parvient, puisque c'est en allant consulter les spams à l'affût d'une hypothétique réponse du service des impôts concernant ma déclaration que je découvre son courrier, noyé entre les coupons de réduction d'une enseigne de grande surface et la pétition en ligne pour le retour de la machine à pain devant la mairie de Saint-Joseph.

Brian Harris Boone III s'excuse de sa réponse tardive qu'il justifie du fait d'avoir pris soin de contacter sa tante et ses oncles afin de me fournir le plus de renseignements d'après les souvenirs de chacun, lui-même étant jeune garçon au décès de son grand-père Alfred, le neveu de Moriz.

Il m'apporte deux informations capitales : il a identifié Moriz Glatzer comme le second violon de la photo du quatuor d'après les quelques photos héritées de son grand-père. Le seul rescapé de la famille Glatzer portait la culpabilité du survivant. Il répétait souvent qu'Emil et Moriz n'avaient pas compris la tourmente qui se préparait. Il racontait souvent à ses enfants ce jour de février 1938, lorsque son oncle était venu dîner : la conversation tournait autour d'une lettre que Moriz avait reçue de son collègue et ami de toujours Franz, parti un mois plus tôt pour Paris. Plus il entendait son père et son oncle dénigrer le choix de certains de leurs amis de quitter le pays, plus le jeune homme qu'il était sentait grandir en lui l'urgence de partir. C'est ce soir-là qu'il a pris la décision de quitter au plus vite son pays. Il faisait référence à cette soirée à chaque fois qu'un de ses enfants devait faire un choix et cherchait l'approbation paternelle. Suivre son instinct l'avait sauvé.

Brian Harris termine sa missive en espérant m'avoir aidée, me souhaitant bonne chance dans mes recherches et me laisse les coordonnées de sa tante Mia, disponible pour essayer de répondre à d'éventuelles questions dans la mesure du possible et de ses souvenirs des conversations avec son père.

Mon enquête était quelque peu restée en suspens ces dernières semaines. Je l'avais toujours en tête, mais il me faut traiter des cas plus routiniers pour gagner ma vie. La lecture de ce courrier me pousse à ressortir toutes mes notes, que j'étale consciencieusement autour de moi. La photo du quatuor est là, devant moi.

Je sais maintenant que le visage souriant du premier violon est celui de Franz Eisler, et que Moriz Glatzer est le second violon, plus âgé, plus mesuré, plus raisonnable, tellement raisonnable qu'il n'allait pas comprendre que le monde basculait dans la folie. Si je suis la logique de l'Histoire, et l'idée que Franz a quitté l'Autriche pour venir à Paris, ce serait donc lui mon violoniste du Camp des Milles. Il est 19 h 15, la nuit tombe, il pleut. Mon téléphone signale un SMS : une photo d'Eugène le nain apparaît, sur la plage, face au soleil couchant. Une « carte postale » de Roselyne, qui décidément doit avoir une sacrée intuition pour se manifester aujourd'hui.

Depuis mon retour à Paris, Roselyne m'envoie régulièrement des photos de son nain dans diverses situations. J'ai reçu Eugène au restaurant, Eugène à la bibliothèque, Eugène chez le garagiste, Eugène en réunion, Eugène sur une balançoire… c'est un peu surprenant, mais je m'y fais. D'une certaine façon, c'est même touchant ce coup de foudre qu'elle a eu pour ce petit être de plastique. Je ne vais pas me plonger dans une analyse psychologique du transfert affectif que semble vivre ma jeune complice. J'en déduis juste que tout le monde a ses névroses, et que même un nain de jardin peut en être le révélateur. Tout le monde se croit équilibré. Mais qu'est-ce qu'être équilibré ? Est-ce que cela signifie enfouir au plus profond ses failles, mener la vie que la société attend de nous et attendre que les failles se transforment en un gouffre si obscur que, si l'on y trébuche, les chances sont minces de remonter ? Ou est-ce laisser ces petites fêlures transparaître au quotidien, en les assumant pleinement, comme composants essentiels d'une individualité ?

Après tout, si Roselyne balade son nain, quel mal y a-t-il ? Je repense à la série *Twin Peaks* de David Lynch : la femme à la bûche n'était pas le plus désaxé des personnages. Et finalement, qui sait, si Hitler avait trouvé un nain de jardin ou une bûche pour laisser ses névroses s'exprimer, le cours de l'Histoire eût été tout autre…

Je décide d'appeler Roselyne pour la tenir informée de ces dernières informations. C'est avec plaisir que j'entends son accent chantant et son rire franc et communicatif. Elle est très heureuse de savoir que nous avons enfin un nom, et semble tellement enthousiaste que je me garde de lui faire part de mes réserves. Certes, j'ai un nom, mais je ne trouve aucune trace de descendance de Franz Eisler.

— Mais si Franz a fui Vienne pour Paris, ça va être facile pour toi de te renseigner, tu es sur place !

Je pense : « j'habite Paris certes, mais je doute que mon épicier du coin, mes voisins ou même ma concierge puissent m'aider. »

Mais je réponds :

— Oui, tu as raison, j'ai bon espoir de finir cette enquête assez vite.

Ces mots à peine prononcés, une multitude d'alarmes se déclenchent dans mon cerveau, et des mots comme promesse intenable, danger, déception, faux espoirs se mettent à clignoter de toutes les couleurs. Face à cette déferlante de mises en garde de mon Jiminy Cricket, je bafouille quelques mots pour tenter d'abréger la conversation. Roselyne enfonce encore un peu plus ma culpabilité :

— Justement je parlais de toi à maman l'autre jour, et je lui disais encore que je plaçais toute ma confiance en toi. C'est extraordinaire cet esprit de déduction.

Je n'entends pas la suite, les mots se brouillent. J'ouvre la porte d'entrée, j'appuie longuement sur la sonnette et d'un aplomb à faire pâlir de jalousie le champion de monde de poker :

— Je te laisse, c'est le livreur de pizza. Bisous bisous ! On se tient au courant !

Me voici seule, le téléphone encore à la main, perdue au milieu de mes notes, désespérée de susciter tant d'espoirs, déçue à l'idée de décevoir, assaillie de doutes. Quelques larmes coulent. Elles ont un goût étrange : celui de l'abandon est le plus évident, mais reste aux commissures des lèvres celui de l'espoir. Comme un geste de premiers secours, je branche le casque à l'ordinateur et me réfugie dans le quintette à deux violoncelles de Schubert.

Chapitre 14

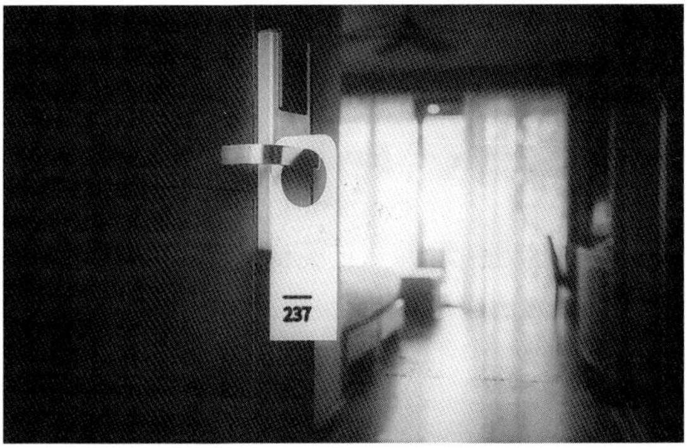

La nuit porte conseil. Après avoir évacué mes angoisses par des rêves inénarrables en compagnie du grand Franz et de son génial adagio, me voici plus motivée que jamais à retrouver la trace de mon violoniste. Alors que je repense avec encore une certaine culpabilité à ma conversation d'hier soir avec Roselyne, tout en attendant le salvateur glouglou de ma cafetière italienne, l'évidence m'apparaît : je dois contacter la fille de Moriz. Elle est pour l'instant ma seule piste, et si je veux conclure cette enquête, il me faut lui poser les bonnes questions.

A priori le décalage horaire est de six heures avec les Etats-Unis. Il est 10h00 à Paris, 4h00 du matin chez Mia. Un peu tôt pour la contacter.

Après un rapide coup de fil à Qin, nous convenons de nous retrouver pour déjeuner au Tata burger dans le 4e. Ce sont des amis d'Andrew qui ont ouvert ce restaurant, qui est devenu un peu notre cantine. Depuis mon retour de Nice, je n'ai pas vraiment pris le temps de voir mes amis, et ce petit coup de blues de la veille est peut-être le signe qu'il me faut prendre un peu de recul.

Qin est arrivé avant moi. Il est accoudé au bar, plaisantant avec un serveur, tellement occupé à raconter la dernière anecdote de son salon de coiffure qu'il ne me voit pas arriver. Je reste en retrait quelques instants, prenant plaisir à l'observer.

À le voir si enjoué et loquace, je retrouve instantanément le sourire, comme si sa joie de vivre irradiait la salle. Il est assez grand, très mince, a des cheveux noirs de jais organisés en une coupe mi-punk mi-manga assez rocambolesque. Il est vêtu d'un jean noir moulant et d'un trench-coat asymétrique rouge, qui allonge encore sa silhouette.

À ses pieds encore une paire de chaussures improbable, des bottines plateforme cloutées qui semblent peser trois kilos chacune, mais qui étonnamment n'altèrent en rien sa démarche sautillante. Lorsqu'il m'aperçoit, il opère une légère génuflexion en agitant les mains puis d'un bond il m'enlace chaleureusement en me hurlant dans l'oreille gauche : « Giiiiiseeeellllleeee ! » Une fois mon tympan définitivement altéré, il recule d'un pas en applaudissant. Il est comme ça Qin. Lorsqu'il est content, il applaudit. Ça peut être aussi bien au cinéma lorsqu'il aime une scène, au Eagle après sa première gorgée de cocktail, ou même devant une vitrine, le plus souvent d'un magasin de chaussures. Je n'ai encore rien eu le temps de dire qu'il me prend par la main pour m'emmener à une table.

— Ma chérie, comment vas-tu ? Oh, ça me fait tellement plaisir de te voir, si tu savais ! Alors, raconte-moi ? Nice c'est comment ? Oh, ça doit être tellement romantique… et ton enquête ? Oh, si tu savais, j'ai raconté l'autre jour à une cliente ton histoire de violon, elle n'en revenait pas. En même temps, pour une fois, c'est moi qui parlais et pas elle parce que bon, elle est assez pénible… ça m'a fait tout le temps de sa teinture ! À propos, ma chérie, faut que tu passes au salon, tes cheveux, ça ne va pas du tout, il faut que je te refasse un dégradé là. Il y a du laisser-aller Gisele !

Qin m'appelle Gisele depuis qu'il a décrété qu'il ne me manquait qu'une augmentation mammaire pour ressembler à son idole, Gisele Bündchen. Je pensais que c'était une lubie de soirée, mais non, cela fait deux ans qu'il m'appelle Gisele. Un jour, il m'a même proposé de financer l'opération de chirurgie esthétique, ce que j'ai trouvé à la fois mignon et inquiétant, mettant cette offre audacieuse sur le compte de substances illicites.

Une fois nos burgers commandés, la *Braguette de François* pour Qin et un *Hétéro* classique pour moi (oui, les noms sont poétiques... j'aime bien aussi la *Cocotte du marais* et l'*Avocat en levrette*), notre conversation est légère et amicale, comme toujours avec Qin. Mais une fois les plats arrivés, il me scrute d'un regard bienveillant, curieux et inquiet. Je tente une plaisanterie pour retrouver la bonne humeur et la jovialité de mon compagnon, mais son regard reste imperturbable.

D'une voix posée, il me dit enfin :
— Bon, tu me dis ce qui te perturbe ?
Face à une telle franchise amicale, je baisse les armes. Je lui confie tous mes doutes, ma baisse de moral, ma peur d'échouer. Au fur et à mesure que je vide mon sac, Qin est de plus en plus concentré. Une fois mon laïus terminé, il lève son verre en portant un toast :
— Ma belle, pas de souci ! Tu vas trouver la solution comme toujours ! De toute façon, il a bien laissé une trace de lui quelque part ce garçon !
Puis avec un sourire entendu, il ajoute :
— Il a bien fallu qu'il se trouve une nana, ou un mec…

C'est ce que j'aime avec mes amis… grâce à eux la vie est simple et le moral remonte au beau fixe comme un coucou suisse qui sonne midi. Évidemment je vais trouver la clé. Même si peu de pistes s'offrent à moi.

Après ce déjeuner, je reprends le chemin du retour. Je repasse devant le café auquel j'étais attablée lorsque toute cette histoire a commencé. Cela me paraît si loin, tant de choses se sont passées depuis ce 14 août. Alors que je me dirige vers l'entrée du métro, un jeune homme m'interpelle :

— Excusez-moi ?
La sensation de déjà vécu me provoque un court vertige… aussitôt dissipé lorsqu'il enchaîne :
— Pour rejoindre Châtelet, c'est par où ?

Sidérée par la simplicité de la requête, c'est avec suspicion que j'indique son chemin à ce jeune homme, guettant la question suivante qui sera à coup sûr une proposition farfelue. À mon grand étonnement, celui qui me semble être un étudiant fraîchement débarqué à la capitale me remercie simplement et me souhaite une bonne journée. La réputation des Parisiens d'être désagréables est assez injuste. Il suffit de passer quelques jours à Paris et de devoir répondre aux sollicitations fantasques de divers illuminés pour comprendre l'attitude défensive de l'autochtone qui doit quotidiennement affronter les recruteurs de sectes, les obsédés, les fétichistes en tous genres, les vendeurs à la sauvette, les arnaqueurs… si bien que lorsqu'il est abordé pour un simple renseignement, son étonnement est tel qu'il peut en oublier les bases de la politesse. Il ne faut pas lui en tenir rigueur. Imaginez la réaction de Jack dans *Shining* si au plus haut d'un délire paranoïaque, en entrant dans la chambre 237, il se retrouve face à un chaton tout mignon qui vient ronronner contre ses jambes. On peut comprendre un certain désarroi. Le Parisien n'est pas désagréable, il est méfiant, parfaite illustration de la faculté d'adaptation de l'homme à survivre en milieu hostile.

Chapitre 15

Il est 23 h 00, heure locale, 17 h 00 chez la fille d'Alfred Glatzer, seul membre de la famille à avoir eu l'intuition de fuir l'Europe en 1938. Les descendants de Moriz, le violoniste réservé et raisonnable de la photo, sont américains, plus précisément résidents du Michigan. Je ne suis pas rassurée en composant le numéro de Mia. J'ai la certitude qu'elle seule peut me fournir une piste, sans savoir précisément quelles questions lui poser. Si j'avais ne serait-ce qu'un indice, je lui aurais adressé un mail, une façon habile de contourner la difficulté de la langue, le danger de l'accent, le risque d'incompréhension, de malentendu.

Mais me voilà au pied du mur. Je dois assumer une conversation à bâtons rompus avec elle, et être suffisamment en alerte pour déceler dans notre échange le petit détail qui me permettra de savoir par quel bout entreprendre mes recherches.

Depuis la fin de l'après-midi, je pense à Alfred. Que reste-t-il à celui qui s'exile dans de telles conditions ? Il a quitté sa maison, sa rue, son quartier, il a dit adieu à sa famille et ses amis, il a abandonné sa terre et ses racines. Il n'a plus rien et pourtant il est parti riche de sa culture et de ses souvenirs. Il a en lui les odeurs et les saveurs des plats de son enfance, les chants et les danses des fêtes populaires, les anecdotes familiales, les contes et les lectures qui l'ont construit.

Si je devais partir dans de telles conditions, aurais-je le courage de n'emporter avec moi que ce que je suis ? Quelle confiance faut-il, quelle peur, quels espoirs, pour accepter de se retrouver réduit à ce que nous sommes tous : nos souvenirs et notre culture ?

Alfred a certainement dû transmettre cette richesse à ses enfants, le seul héritage qu'il pouvait leur apporter. Cet homme déraciné a sûrement raconté maintes et maintes fois des anecdotes, des souvenirs, autant pour que ses enfants connaissent leurs racines que pour se les rappeler à lui-même.

J'espère que Mia portait suffisamment attention à ce que n'importe quel adolescent qualifierait de radotage paternel pour pouvoir me donner le commencement d'une piste. Je prends soin d'activer l'option dictaphone de la tablette, et après avoir pris une grande inspiration, je me lance. La sonnerie dure une éternité, et alors que je panique à l'idée de ne pas avoir prévu l'éventualité du répondeur, une voix féminine assez grave et un peu rauque m'adresse un « hello ! » sympathique et engageant.

Notre conversation a duré environ quarante-cinq minutes. J'ai obtenu de Mia beaucoup de détails sur Alfred et son père Emil, quelques-uns sur Moriz, très peu sur Franz. Néanmoins mon interlocutrice m'a confié que, jusqu'à la fin de ses jours, à chaque fois que son père entendait du jazz, il évoquait son oncle Moriz. Il répétait souvent que si ce dernier avait suivi son ami à Paris plutôt que de suivre l'entêtement d'Emil à rester sur leur terre natale, il aurait peut-être encore de la famille en Europe. Alfred parlait souvent de ce fameux jour de février 1938, lorsque Moriz et sa femme étaient venus dîner chez eux, ce fameux soir qui l'avait décidé à partir. Moriz venait de recevoir une lettre de son ami Franz qui s'était exilé à Paris. Il proposait à son complice et ami de le rejoindre, et lui racontait sa nouvelle vie de musicien : il jouait le soir dans des restaurants, passant de table en table, improvisant le plus souvent, révisant parfois ses caprices de Paganini. Il recevait une maigre rémunération de l'établissement, mais les clients lui glissaient parfois un généreux billet pour une demande particulière.

Une fois le service terminé, il se dépêchait de rejoindre un cabaret ouvert toute la nuit, où se retrouvaient musiciens, écrivains et peintres talentueux. Chacun laissait libre cours à son talent, et il s'était initié à un nouveau style de musique, le jazz.

Alors que Moriz lisait cette lettre à haute voix d'un ton dédaigneux et méprisant à son frère Emil et leurs épouses respectives, le jeune Alfred était fasciné de ce vent de liberté et de ces promesses d'aventures. L'incompréhension de ce jeune homme à la mine dépitée de ces adultes raisonnables, écoutant le récit trépidant d'un jeune exilé, a motivé sa décision de partir beaucoup plus qu'une intelligence aiguë de la partie d'échecs géopolitique qui se déroulait sous ses yeux. Un adolescent reste un adolescent, son esprit de contradiction et sa soif de liberté s'adaptent à n'importe quel contexte.

Franz en envoyant cette lettre n'a pas convaincu son ami Moriz, mais il a sauvé Alfred.

Je tiens enfin une piste. Il est minuit. Je viens de raccrocher. Au diable demain, la nuit m'appartient. Malgré le repas copieux de ce midi, je ressens une petite faim à cette heure tardive. Je me prépare un petit plateau de pain et assortiment de fromages, et bien sûr je sors du placard une petite bouteille de gigondas pour accompagner ces merveilles.

Ce n'est que deux heures plus tard que je sors du triangle infernal « un peu de pain pour finir le bout de fromage, un peu plus de fromage pour finir le pain, un peu de vin pour finir le fromage ». On a beau connaître le piège, on s'y laisse prendre avec toujours autant de naïveté feinte. Je ne m'autorise que rarement ces plaisirs solitaires ; je n'aime pas manger seule. Rien n'est plus triste à mes yeux que de dresser sur la table une assiette, un couteau et une fourchette, et de quotidiennement se servir sa propre gamelle en déjeunant face au mur.

Mon alimentation ferait bondir n'importe quel nutritionniste : une cafetière le matin, je saute souvent le repas de midi, pour mieux me rattraper dans l'après-midi en grignotant une viennoiserie ou une barre chocolatée. Le soir, si je ne suis pas de sortie, j'accommode ce que mes courses désorganisées et mes fonds de placard peuvent m'offrir… cela est parfois source d'improbables associations : fin de paquet de semoule assortie d'un fond de raisins secs périmés gonflés dans du lait, assiette de lentilles corail trop cuites transformées en purée rose psychédélique, omelette avec tout ce qui me passe sous la main…

Mais ce soir j'ai des invités. Je dîne avec l'écho de la voix de Mia, avec le souvenir de son père Alfred, avec Moriz l'oncle si mesuré, et quelque part la silhouette de Franz devient légèrement plus consistante. J'ai bon espoir d'enfin pouvoir retrouver sa trace.

Enfin repue et quelque peu étourdie (pour ne pas dire complètement grisée) par ce breuvage christique, me voilà déambulant sur la toile, à la recherche d'un cabaret en vogue dans les années trente, lieu de villégiature de musiciens, d'écrivains et de peintres. Dieu Google est catégorique, à chaque recherche il crache comme une évidence l'établissement « le Bœuf sur le Toit ».

Je quitte mon canapé pour rejoindre le lit, pleine de résolutions : demain je rappelle mon barman adoré, demain je vais au Bœuf sur le Toit, demain je retrouve la trace de Franz, demain… Demain…

Chapitre 16

C'est un air d'orgue de barbarie venu de la rue qui me réveille.

Je n'ouvre pas tout de suite les yeux. Mes sens s'éveillent petit à petit. Je sais que le soleil inonde la chambre, je sens la lumière à travers mes paupières. J'écoute ce petit air mécanique accompagné du roucoulement des tourterelles. Sans même ouvrir les yeux, en mesurant la chaleur du soleil et son intensité, je sais qu'il est environ 11 h 00 du matin. Peut être 11 h 30.

Entre ciel et terre, je suis lovée dans ma couette au septième étage, comme un trait d'union entre le chant des oiseaux et la musique de la rue.

Le gigondas d'hier soir a eu l'amabilité de m'épargner la migraine. Je suis sereine, reposée, vaillante.

La douceur de ce réveil ne m’encourage pas à me brusquer, bien au contraire. Je profite pleinement de la mélopée de l’orgue de barbarie, accompagné de son chœur d’hirondelles, quand soudain un crissement entêtant vient bousculer l’harmonie céleste. Dans un demi-sommeil je pense d’abord au son d’une craie sur un tableau noir, pour réaliser enfin que je ne suis plus la petite fille préposée au nettoyage du tableau noir que j’étais en CE1. Ce n’est qu’au bout de quelques minutes que je me décide à me lever pour aller à la fenêtre découvrir la cause de cette intrusion dissonante : une petite boule de poils, un chaton gris et blanc, frotte ses griffes contre la vitre. Il miaule comme un damné, et nage un crawl frénétique toutes griffes ouvertes sur le rebord de ma fenêtre… Sans réfléchir, je lui ouvre, et voilà le félin à mes pieds, paradant une danse de la victoire, le dos arrondi et le ronronnement outrancier.

Par je ne sais quel instinct, je lui sers un bol d’eau fraîche et une boîte de thon dénichée au fond d’un placard. *Boule de poils* a l’air d’apprécier, et après avoir mangé il vient se blottir contre moi. En le caressant, je remarque une petite cicatrice à l’œil gauche. Je me penche à son oreille et lui chuchote : « Toi, tu as une tête de pirate. » Il me regarde, pousse un petit miaulement et me lèche la main. Moi qui m’étais jurée de ne jamais avoir charge d’âme, voilà qu’une bestiole s’installe sur mon canapé. Alors que cet intrus ronfle comme un sonneur, je lui tire le portrait et confectionne vite fait une affiche que je compte poser dans les cages d’escalier du bâtiment, certaine que ce chenapan est arrivé chez moi en escaladant la gouttière.

Quelques heures plus tard, je suis installée devant l'ordinateur, effectuant des recherches sur le Bœuf sur le Toit. Une douce odeur d'épices flotte dans tout l'appartement, car Pedro doit venir partager un phô, ce plat vietnamien de pâtes et de viande cuite dans un bouillon aux saveurs subtiles. Le félin squatteur semble se plaire à mes côtés, à tel point qu'en allant acheter les quelques ingrédients nécessaires à la réalisation de ma spécialité culinaire je n'ai pu m'empêcher d'acheter de la litière, des croquettes, et une souris à roulettes. J'ai posé les affiches, le pirate des gouttières ne va probablement pas rester longtemps, mais il faut bien un minimum de confort.

L'histoire de ce cabaret est intéressante. À l'origine il s'agissait d'un bar, nommé La Gaya, fréquenté par d'illustres intellectuels, dont Darius Milhaud, compositeur français. Darius entreprend un voyage au Brésil en 1919, et ramène dans ses bagages une chanson populaire : « O Boi no Telhado ». S'inspirant de cette mélodie, il compose une musique de ballet, qu'il intitule *Le Bœuf sur le Toit*, traduction littérale du titre de la chanson brésilienne. Il en interprète des extraits au piano, rejoint par des amis pianistes pour des versions à six mains. Cocteau, qui avait participé à la conception artistique du ballet, venait souvent écouter la version pianistique donnée en soirée à La Gaya, si bien que le propriétaire des lieux, contraint à déménager son établissement en 1921, le renomma par la même occasion « le Bœuf sur le Toit » afin de s'assurer de la fidélité de sa célèbre clientèle.

Je réalise alors que l'expression tant entendue en fin de soirée « les gars, on tape le bœuf ? », formule magique qui fait apparaître guitares, ukulélés, djembés et transforme une partie de l'assemblée en troubadours plus ou moins inspirés pendant que le reste des participants subit les décibels souvent proportionnels au degré d'ébriété, vient en fait d'une chanson brésilienne, transformée en ballet, lui-même récupéré pour ce qu'on appellerait aujourd'hui un coup marketing.

Mon nouveau colocataire semble à l'aise : après avoir fait le tour de l'appartement en se frottant consciencieusement à chaque meuble, encadrement de porte et pile de vêtements, le voici allongé sur mon imprimante, la tête posée sur ses pattes avant. Il m'observe en clignant lentement des yeux, ce que je prends pour un signe de sympathie.

En poussant plus avant mes recherches, je découvre que le pogrom ordonné par Hitler à l'encontre des juifs en Allemagne en 1938, appelé « Nuit de cristal », est la conséquence directe de l'ambiance bohème qui régnait au Bœuf sur le Toit à cette époque. Les livres d'Histoire retiennent que le 7 novembre 1938 un jeune juif polonais a tiré sur un conseiller de l'ambassade allemande à Paris, Ernst vom Rath. Ernst succombe à ses blessures le 9 et la nuit suivante, sur le territoire du Reich, les synagogues sont détruites, les commerces tenus par des juifs sont saccagés, trente mille personnes déportées et des centaines assassinées.

Ce que l'on sait moins, c'est que ce jeune juif polonais, Herschel Grynszpan, travaillait le jour dans l'atelier de confection de son oncle Abraham, et le soir comme serveur au Bœuf sur le Toit. Il se déguisait en page, ce qui a dû émoustiller Ernst, qui fréquentait assidûment l'établissement, puisque les habitués l'avaient surnommé « Notre-Dame de Paris ». Quand on apprend que le diplomate allemand a été rapatrié de son précédent poste de Calcutta pour se faire soigner d'une gonorrhée rectale, le pas est vite franchi de penser que le prétexte saisi par le chancelier du Reich pour organiser ce qui allait être les prémices de la Shoah est un crime passionnel et non politique.

Le 9 novembre… en 1938, la Nuit de Cristal, en 1989, moi gamine devant la télévision, réveillée par mon père qui voulait que j'assiste à ce moment historique qu'a été la chute du mur de Berlin. Les dates s'entrechoquent, l'ironie des chiffres me rattrape.

Pedro arrive à 19h30, comme convenu. Mon copain félin semble l'apprécier : il descend de l'imprimante pour venir se frotter contre ses jambes. Après un petit apéritif durant lequel nous discutons d'un éventuel voyage ensemble tout en admirant les poses lascives du chat, j'apporte fièrement les ingrédients crus et mon bouillon qui a mijoté six heures en expliquant à mon barman le principe du plat : la viande va cuire dans le précieux breuvage et les arômes vont se mélanger, provoquant ainsi un feu d'artifice de saveurs.

Il me regarde naïvement et, fidèle à lui-même, mon barman me laisse sans voix : « C'est un peu comme les pâtes Bolino quoi… »

Chapitre 17

Au réveil, mon petit pirate est couché sur mes jambes. Je n'ose pas bouger, et Pedro se moque gentiment de moi. Il m'apporte un plateau sur lequel il a disposé une tasse de café, un chausson aux pommes, un verre de jus d'orange et une rose.

Lentement j'essaye de m'extirper du piège félin pour pouvoir m'asseoir et recevoir comme il se doit l'offrande de mon apollon, mais la boule de poils semble par magie doubler de poids à chacun de mes gestes. Il ne dort pas le bougre, il est à l'affût du moindre mouvement. Alors que je réussis enfin à changer de position, ce coquin de chaton se jette dans mes cheveux en ronronnant comme une chaudière, tout en me malaxant l'épaule et le haut du dos.

C’est décidé, aujourd’hui je mène l’enquête. Je confie Pirate à Pedro, ou le contraire je ne sais pas trop. En voyant le virtuose du cocktail à quatre pattes dans le salon, émettant des sons étranges pour dialoguer avec minou, je me demande lequel des deux sera tenu pour responsable en cas de dégâts dans mon appartement.

Le Bœuf sur le Toit est situé rue du Colisée, dans le 8e arrondissement. Cette petite voie rectiligne entre l’avenue des Champs-Élysées et la rue du Faubourg-Saint-Honoré doit son fier aspect et son nom respectable à la volonté du roi Louis XV, qui décida que le sinueux Chemin des Gourdes devait être remanié et rebaptisé : une sorte d’anoblissement urbain.

La typographie de l’enseigne est clairement une référence aux années trente et au style Art déco. L’intérieur est cossu, l’atmosphère feutrée. Les boiseries de chêne, les miroirs gravés, les sculptures, les immenses lustres sont autant de luxueux vestiges de l’époque festive des années folles.

L’élégant hôte d’accueil se dirige vers moi d’un pas dynamique, le sourire avenant. Je lui trouve un ton légèrement obséquieux alors qu’il m’adresse un inévitable :

— Pour déjeuner ?

Je dois être la première personne à lui briser cette certitude que quiconque passe la porte de cet établissement vient déjeuner le midi ou dîner le soir, puisque son sourire se crispe à ma réponse :

— Est-ce possible de rencontrer un responsable de l'établissement ?
— C'est à quel sujet, mademoiselle ?

Le jeune homme est flatteur, et je m'amuse de sa subtile manœuvre de pivot afin de me faire tourner le dos à la salle, de peur que les premières tables ne perçoivent des propos désobligeants.

Tout en rassurant ce valeureux chevalier chargé de clientèle, je lui expose en quelques mots mon besoin impérieux de consulter les archives de ce mythique établissement, dans le but de réparer une injustice de l'Histoire et d'accomplir les dernières volontés d'un défunt homme. Je n'hésite pas à dramatiser un peu la situation, en qualifiant Roselyne d'orpheline désespérée, mon enquête de recherche historique, et son aide d'acte héroïque.

Mes propos sont tellement éloignés de la tempête annoncée que le soulagement se lit instantanément : les épaules se décrispent, les lèvres retrouvent leur couleur, et le regard devient bienveillant, presque chaleureux.
— Nous sommes en fin de service, me fait-il constater en m'invitant à faire face à la salle, mais nous fermons dans 45 minutes. Je ne manquerai pas de transmettre vos coordonnées au directeur qui vous recontactera.

Un rapide coup d'œil à ma montre, une évaluation succincte de la situation, une brève analyse de la psychologie de mon adversaire et je tente le tout pour le tout :

— Je reviens à 16h00. Merci d'en informer votre direction. Voici ma carte.
Échec et mat :
— Bien, madame. Je m'assure personnellement de votre requête.

Madame... de flatteur il devient respectueux.

Il est 14h15. Je n'ai pas le temps de rentrer surprendre la conversation surréaliste de mes deux coups de foudre tentant d'établir un échange. Je m'adonne alors à mon passe-temps favori : m'asseoir à une terrasse de café et écouter les bribes de vies autour de moi, imaginer les situations, en évaluer les dommages. J'ai rencontré tellement de situations inextricables et compliquées que je réalise soudainement que si je ne projette rien dans ma vie, c'est simplement que je n'en attends pas grand-chose.

Ma profession m'amène à tellement m'investir dans la vie d'autrui que j'en oublie la mienne.

Je repense à Pedro et Pirate. Peut-être que pour eux je peux essayer d'être vivante et réelle. Arrêter d'être juste celle qui fouille le passé des morts. Les conversations des tables autour de moi s'entrechoquent. Un couple de touristes en voyage de noces qui s'engueule, un premier rendez-vous à droite, un café entre collègues à gauche...

Et moi et moi et moi…

Encore Dutronc dans ma tête, du temps à tuer, un deuxième café s'il vous plaît, et je regarde toutes ces vies défilant devant moi. Je repense à Franz, à Moriz.

J'ai trop vécu parmi les morts. Je veux devenir vivante. Je veux résoudre cette affaire et respirer à nouveau. Le soleil d'automne tente de me réchauffer, mais je suis ailleurs, bloquée en 1938. Pourtant chaque minute me paraît une éternité, parfait exemple de distorsion temporelle. Peut-on réellement se construire en étant ainsi happée par les fantômes du passé ?

J'envie ces insouciants qui ne font que parier sur l'avenir. Ils ont la naïveté nécessaire à la survie de leur espèce. Je ne suis plus comme eux. La fragilité de la vie m'est devenue tellement évidente que je m'en suis fait une philosophie.

Ici, maintenant, tout peut s'arrêter. Jusqu'à présent je n'avais de comptes à rendre à personne, trop frileuse de la vie pour envisager de sortir de ma routine : m'occuper de moi et de mes enquêtes. Peut-être que quelque chose est en train de changer, peut-être qu'un semblant de vie normale me paraît possible. Et pourtant… Je me sens tellement différente de ces gens que j'observe. Ils ne font que projeter sur le futur, alors que je passe ma vie à réparer le passé.

Il est temps de retourner au Bœuf sur le Toit. Je marche entre le présent et le passé, en équilibre précaire.

Chaque pas me rapproche de la vérité.

Chapitre 18

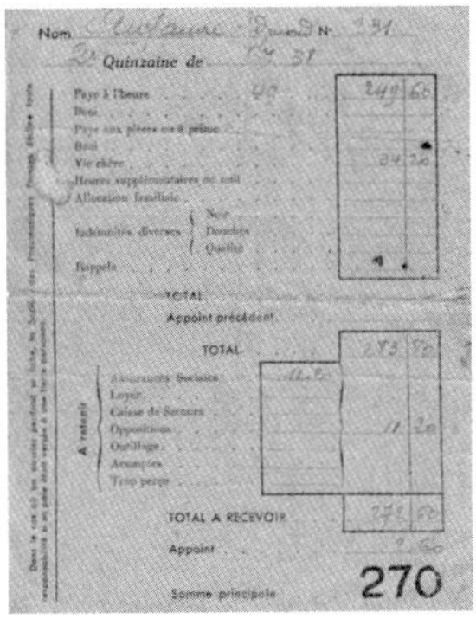
Nom N°
Quinzaine de
Paye à l'heure
Paye aux pièces ou à prime
Vie chère
Heures supplémentaires et nuit
Allocation familiale
Indemnités diverses
Rappels
TOTAL
Appoint précédent
TOTAL
À retenir
Assurances Sociales
Loyer
Caisse de Secours
Oppositions
Outillage
Acomptes
Trop perçu
TOTAL A RECEVOIR
Appoint
Somme principale 270

Les archives du Bœuf sur le Toit sont stockées dans une pièce à l'étage. Le directeur m'a assez facilement accordé l'autorisation de consulter ces montagnes de registres, car seuls les documents concernant la dernière adresse ont été numérisés.

Le Bœuf a en effet déménagé plusieurs fois, toujours dans le même secteur, mais si l'établissement n'a pas bougé depuis 1941, il a connu six adresses différentes entre 1922 et 1941.

Certains dossiers ont dû être égarés, jetés ou oubliés, et, ne sachant pas exactement ce que je cherche si ce n'est une trace de Franz, le responsable des lieux semble avoir vu en moi l'opportunité d'une

main-d'œuvre bénévole, puisqu'il conclut notre entretien par une chaleureuse poignée de main, en précisant :
— Durant les heures d'ouverture vous pouvez accéder à tout moment à cette pièce. Je vous souhaite bonne chance dans vos recherches, et si vous souhaitez réorganiser nos archives, faites au mieux !

Depuis deux semaines je passe donc quatre à cinq heures par jour dans cette pièce. J'arrive vers onze heures, avant le début du service de midi, je repars entre quinze et seize heures. Il ne faut pas réorganiser les archives, il faut ouvrir des cartons, trier des piles de registres posées à même le sol, déplacer quelques centimètres de poussière. La pièce est agréable, assez lumineuse, et le brouhaha de la salle de restaurant assure un fond sonore agréable. Certains jours je suis d'une efficacité redoutable, classant méticuleusement plusieurs mois de registres, d'autres comme aujourd'hui je laisse mon esprit vagabonder en butinant selon l'envie.

Personne n'est venu réclamer mon réfugié félin. Nous apprenons à cohabiter, ou plutôt j'accepte de devenir le bipède domestique de ce perfide animal. Il y a les séances de jeux, les moments câlins, le réveil à cinq heures en se faisant mordre les orteils pour remplir le bol de croquettes, les poils sur les vêtements, la souffrance silencieuse du canapé que j'ai bien essayé de protéger des assauts répétés de mon nouveau colocataire. J'ai réorganisé mon appartement pour faciliter l'accès aux meubles en hauteur, investi dans un arbre à chat, et accepté de retrouver le papier toilette déroulé dans le couloir. Bref, je me suis parfaitement fait adopter.

Les fiches de paie du début du XXe siècle sont d'une simplicité déconcertante : un petit carton sur lequel sont mentionnés à la plume le nom, la période, les heures effectuées et le montant versé. Quand je pense au nombre de lignes des fiches actuelles, je me demande comment le monde a pu autant se compliquer en huit décennies. Le personnel de salle était payé 4,75 francs de l'heure, ce qui était un salaire correct par rapport au coût de la vie. Les registres de commandes, les comptes, les quittances de loyer… tous ces chiffres élégamment rangés dans les colonnes indiquent une gestion précise et méticuleuse. Seuls les documents concernant les années 1938 et 1939 m'intéressent, je replace dans les cartons les autres carnets, bien décidée à ne pas me disperser dans un fastidieux travail de classement que personne n'a eu le courage d'entreprendre. Il me reste encore quelques cartons à ouvrir, mais la pile d'archives susceptible de m'intéresser commence à devenir conséquente, et je décide de consacrer la fin de ma séance quotidienne à feuilleter mes trouvailles.

Plusieurs petits carnets identiques m'intriguent. Sur chaque couverture une étiquette mentionne un nom, et sont écrits à l'intérieur suivant trois colonnes une date, un nom et une somme rayée. Je comprends qu'il s'agit de carnets confiés aux serveurs, leur permettant de noter les montants à crédit accordé aux clients réguliers.

Il y a en tout huit petits carnets que je parcours avec amusement. Certains carnets sont presque entièrement remplis, d'autres ne contiennent que quelques pages annotées. Quelques pages sont presque effacées, car contrairement aux registres de comptes les ardoises des clients sont écrites au crayon et non à l'encre. J'ai parfois un peu de mal à déchiffrer les écritures, mais quelques noms illustres attestent du prestigieux passé du Bœuf sur le Toit. André Gide, Aragon, Cocteau… voir ces noms ainsi griffonnés au même titre que de parfaits inconnus me laisse perplexe. On a du mal à s'imaginer que ces personnalités, dont les œuvres sont aujourd'hui unanimement reconnues, allaient comme tout le monde se vider quelques verres entre potes, sûrement en échangeant de bons mots plus ou moins grivois.

Je me sens un peu trahie d'avoir passé tant d'heures à analyser le poème *Les yeux d'Elsa* en classe de première, imaginant un homme torturé par un amour incandescent, l'esprit tourmenté par une fièvre créatrice incontrôlable, essayant de peser chacun de ses mots et de lire derrière chaque vers le désespoir d'un artiste incompris, alors qu'une fois sa page d'écriture achevée il allait boire un verre en bonne compagnie, en allant écouter la musique à la mode.

Derrière ces noms entrés dans la postérité, il y a avant tout des hommes et des femmes comme tout le monde. Des humains, qui profitent du moment présent, qui sortent, rient, plaisantent… des humains certainement un peu plus que les autres, puisque leurs sentiments nous touchent et leurs mots nous parlent.

La serveuse qui a griffonné son nom dans ce carnet pouvait-elle seulement imaginer que des décennies plus tard, celle qui rouvrirait son petit carnet était tombée sur un poème de son client au bac de français ?

Une fois les petits carnets rangés avec précaution dans mon sac pour les étudier tranquillement, je préviens le maître d'hôtel que je repasserai bientôt pour les derniers cartons, une fois quelques recherches effectuées. Son regard est plein d'interrogations, mais l'homme est bien trop poli pour m'interroger directement. Heureusement que j'ai une prédilection pour les grands sacs, personne ne s'aperçoit de mon larcin.

La fin justifie les moyens. Je suis entièrement d'accord avec Machiavel.

Allait-il lui aussi boire des bières en bonne compagnie ? Probablement. Il était humain.

Diaboliquement fourbe, mais humain.

Chapitre 19

Les carnets sont précieusement rangés dans le tiroir de ma table de nuit. Je dois garder Pirate à l'écart de ces antiquités, car il a développé un attrait certain pour le papier. Depuis qu'il a investi les lieux, j'ai le plus grand mal à lire : il vient frénétiquement se blottir sur l'ouvrage, en frottant méticuleusement les pages comme pour réduire à néant l'objet de mon attention. Ces carnets morcelés par le temps ne supporteraient pas ce traitement, et je profite des siestes de mon colocataire pour étudier méthodiquement chaque ligne, persuadée que je trouverai une trace de Franz Eisler. Cela fait maintenant trois jours que je me comporte comme une adolescente essayant de fumer en cachette de ses parents, guettant le sommeil du chat pour sortir sans bruit le précieux objet.

J'ai développé plusieurs techniques : tout d'abord s'assurer que le chat dort, et n'est pas simplement en état de veille. J'ai pensé qu'en remplissant sa gamelle de croquettes sans réaction de sa part je pouvais être assurée de son sommeil, jusqu'à ce que je m'aperçoive que le bruit des croquettes réveille l'animal, contrairement aux klaxons de la rue ou au programme essorage de la machine à laver. C'est en développant mon intuition féline que je saisis maintenant l'instant propice à l'étude des carnets.

Le moment venu, il faut ouvrir le tiroir sans aucun bruit : tirer tout doucement, en effectuant une légère pression de bas en haut, sans faire coulisser jusqu'au bout. Une fois l'ouvrage en main, hors de question de s'installer sur le lit : si Pirate perçoit le moindre craquement de latte, il arrive aussitôt, offusqué de me voir envisager un moment de repos sans lui. Je m'assois alors à même le parquet, grâce à une technique peu esthétique, mais dont l'extrême lenteur me vaudrait les louanges d'un maître de tai-chi.

Voici trois jours que je ne suis pas sortie de chez moi, errant du salon à la chambre, effectuant le minimum vital nécessaire à la survie de tout être humain. Je me sens dépérir à petit feu tellement cette enquête accapare mon esprit. Le téléphone sonne dans le vide, les objets s'empilent de façon chaotique, je n'ai plus aucun horaire cohérent. Je m'endors à vingt heures pour me réveiller à trois heures trente et retourner parcourir jusqu'à l'aube les petits carnets jaunis, je mange un steak à neuf heures avant d'aller me rendormir. Mes rêves sont à la fois brûlants de vérité et glaçants de réalisme ; je me réveille épuisée d'avoir tant dormi, et lentement, prudemment, mes mains répètent ce geste : ouvrir doucement le tiroir, en effectuant une légère pression de bas en haut, surtout ne pas faire coulisser jusqu'au bout. Ouvrir le troisième petit carnet et égrener les noms.

Mon portable vibre. Un coup d'œil réflexe : c'est une carte postale de Roselyne. Une photo d'Eugène arborant une pancarte « Coucou ! C'est les vacances de la Toussaint, nous venons te voir demain… billets d'avion OK ! », à côté de lui une petite mallette, en arrière plan un buisson de thym, et le ciel bleu de Nice qui aveugle mes yeux de Parisienne en plein confinement. Sans réfléchir, je lui réponds : « OK ! Pas de souci !! Je viens te chercher à l'aéroport. Donne-moi les infos. »

Un rapide échange de messages pour les formalités d'horaires, de terminaux, de numéro de vol, et me voici paniquée en constatant l'état de ma personne, de mes recherches et de mon appartement. Je me sens fébrile, le cheveu gras, l'appartement moribond. Je n'ai que quelques heures devant moi pour redonner à tout ça un semblant de bien-être.

J'invoque conjointement Ma sorcière bien-aimée, Harry Potter et Mary Poppins, tous ces merveilleux êtres qui grâce à leurs pouvoirs n'ont jamais eu à changer un sac d'aspirateur, à nettoyer des carreaux ni même à s'attaquer à une montagne de vaisselle délaissée.

J’essaye de rationaliser, d’être performante. D’abord le ménage puis la douche. C’est compter sans la crise de panique de Pirate en me voyant sortir l’aspirateur. Je ne contrôle plus rien.

Roselyne débarque demain, mon chat fait un burn-out en fuyant l’avaleur de poils tout en se frottant frénétiquement et presque indécemment à ma serpillière, je dois retrouver une allure humaine. Éclair de génie.

« Pedroooooooo ?
— Oui, mon délicieux litchi au sirop ? »
Je ne relève pas. On règlera ça plus tard.

« Peux-tu aller récupérer une amie à l’aéroport demain ?
— Mais bien sûr, ma petite cerise confite ! »
Je ne relève toujours pas mais c’est un peu lourd. Pas le choix. Il y a des situations d’urgence. Je poursuis le processus… ménage, nettoyage, douche.

Le message de Roselyne m’a sauvée du naufrage. Cette enquête me hante, comme jamais, et au fur et à mesure que je remets chaque objet à une place cohérente (la vaisselle dans la cuisine, le sèche-cheveux dans la salle de bains, les vêtements dans le placard), je me rends compte que sans la visite de mon amie du Sud je me serais complètement laissée happer par le passé. Si c’est par électrochoc que je me suis activée, je me surprends au bout de quelques heures à faire du zèle.

23 h 00 : nettoyage des placards de la cuisine, 00 h 00 : cirage de la table basse du salon, 00 h 30 : dégivrage du congélateur. Pirate observe la situation d'un air dubitatif, recroquevillé à l'extrémité du canapé. Je fais le ménage avec frénésie, comme pour reprendre le contrôle de ma vie et du présent.

Ce n'est qu'à dix heures du matin que je me pose pour prendre un café, toute proprette dans mon peignoir, satisfaite du travail accompli. Pedro et Roselyne devraient arriver pour déjeuner, j'ai un peu de temps devant moi. Pirate ronfle comme un sonneur, épuisé de m'avoir vue m'agiter toute la nuit. Je devrais aller ouvrir le tiroir, lentement, en appuyant légèrement de bas en haut… mais non. Je reste sur mon canapé, en feuilletant quelques revues à la recherche d'une idée de repas.

J'ai repris le cours de ma vie.

Chapitre 20

Tandis que Pirate tente par tous les moyens de communiquer avec Eugène, nous finissons agréablement le repas en conversant joyeusement.

À mon grand soulagement, personne n'a encore abordé le sujet de mes recherches. Pedro et Roselyne ont l'air de bien s'entendre : il faut dire que sans le savoir ma complice d'aventure a su gagner la bienveillance de Pedro en apportant une bouteille de limoncello, lui ouvrant ainsi de nouveaux horizons de créations.

Alors que Pedro s'enflamme à l'idée de nous offrir ce soir un cocktail au Eagle, l'hilarité générale nous gagne : Pirate perd patience et entreprend de tourner autour d'Eugène en miaulant de façon déchirante,

ses ronronnements concurrençant les infra-basses de Tool. Le chaton s'arrête subitement, vexé de nous voir rire de ses vains efforts, et part se réfugier dans le placard à chaussures. Est-ce le soulagement de chaleureuses retrouvailles, la conséquence bénéfique de ce fou rire, l'effet combiné du Château Margaux et du limoncello ou le contrecoup de ma nuit blanche de fée du logis, mais je me lance :
— Roselyne, j'ai trouvé dans les archives du Bœuf sur le Toit huit carnets concernant les années 1938-1939. Il s'agit des ardoises laissées par les clients. J'ai retrouvé la trace d'Aragon, d'André Gide, de Jean Cocteau. J'espère retrouver celle de Franz.

Silence absolu. Je guette sa réaction. Pedro, mon diamant brut, ne peut s'empêcher d'intervenir :
— Wouah ! Sans dé-con-ner ! Aragon se torchait à croume ?
Je ne sais ce qui est le plus surprenant : qu'il connaisse Aragon, ou qu'il exprime avec ses mots la surprise qui fut mienne en découvrant l'illustre écrivain dans la liste des débiteurs. Roselyne est plus pragmatique :
— Où sont ces carnets ?
— Ici, dans le tiroir de ma table de nuit. Je les ai… empruntés.
— Fais voir !
J'ouvre le tiroir en respectant le rituel de ces derniers jours, et expose à mes complices le fruit de mon larcin. Pedro semble percevoir ma défiance à ressortir ces carnets qui m'ont plongée dans un état d'égarement inquiétant puisqu'il s'empare avec désinvolture d'un calepin et,

parodiant Blondin dans *Le Bon, la Brute et le Truand* :
— Tu vois, le monde se divise en deux catégories. Il y a ceux qui préparent le café, et ceux qui creusent. Moi, je creuse.

Roselyne éclate de rire en prenant à son tour un carnet, et je vais préparer le café. En commençant la vaisselle, en attente du miracle de ma petite italienne préférée, je les entends depuis la cuisine commenter leurs découvertes, s'étonnant d'une somme, relevant un nom, plaisantant en essayant de décrypter certaines lignes. Ce qui était jusqu'à hier un fardeau pour mes seules épaules devient un moment convivial, et je réalise que depuis un moment j'ai perdu toute capacité de relativisation.

Quelques heures plus tard, Pedro s'est assoupi sur le canapé, rejoint par Pirate qui semble avoir abandonné tout espoir d'obtenir une réaction du nain encagoulé.

Nous avons retrouvé Franz, mentionné dans deux carnets : celui de Odyle Peltier et celui de Louise Echard. Roselyne semble pensive :
— Je pensais que les coquetteries d'orthographe de prénoms étaient récentes. Odile avec un y, c'est particulier quand même.
J'acquiesce en silence et ma jeune professeure de violoncelle poursuit :
— Je n'ose plus écrire un seul prénom d'élève sans demander l'orthographe. Même des prénoms simples… Carole ? C'est avec un k et sans e. Tina ? Avec un y.

Sans compter les inventions : Norlan ? C'est un prénom ça ? Ah, il y a aussi ceux qui font d'une fratrie une blague. Yaell et Leyla…
J'objecte :
— Ton prénom aussi a deux orthographes, i ou y.
— Justement ! Je passe ma vie à préciser Roselyne, avec un y ! Tu imagines le futur de la petite Leeloo ?

Mon prénom est ce qu'il est, mais au moins je n'ai pas besoin d'en préciser l'orthographe. J'imagine un instant devoir préciser à chaque fois « Holympe, avec un h ». Mon fardeau aurait pu être encore plus lourd…

Je ne suis pas retournée au Eagle depuis que je couche avec le barman. Passer la soirée à me justifier auprès de mes amis de la moindre œillade, feindre l'indifférence au risque de blesser Pedro, supporter les sous-entendus plus ou moins lourds de certains habitués : aucune de ces situations ne me tentait. Mais ce soir est l'occasion de présenter Roselyne à Qin, Manuel, Maxime et Andrew. Ce soir, Olympe is back, minijupe trapèze noire Prada, Doc Martens rouges et blouson en cuir cintré déniché sur eBay. Je prends un air dégagé lorsque Maxime commande un « point G », et réussis à rester de marbre lorsque Andrew précise :
— C'est son cocktail préféré, il ne prend plus que celui-là.

Mes amis veulent tout savoir de nos récentes découvertes, et je laisse Roselyne leur raconter les carnets et les deux serveuses qui relient Franz Eisler au

Bœuf sur le Toit. Mes heures de recherche, mes doutes, mes espoirs… Tout semble si simple raconté autour d'un verre. Qin écoute les derniers développements et conclut, amusé :
— Reste plus qu'à trouver laquelle des deux a fini dans son pieu !
Je réponds d'un ton un peu sec :
— Qin, arrête, veux-tu ? Ce n'est pas une série Netflix qu'on est en train de commenter. C'est la vie de gens réels, il n'y a pas que le cul dans la vie !
— Mais Gisele, ma chérie, je sais bien que ces gens ont existé. Justement ! Je travaille dans un salon de coiffure je te rappelle, et crois-moi, j'en connais un rayon sur la nature humaine. Depuis le temps que j'écoute les confidences des clients, tu peux me croire mieux que n'importe quel psy : il n'y a que deux choses qui font tourner ce monde, le sexe et l'argent. Alors fais-moi confiance, il y a eu une aventure entre ton violoniste et une de ces serveuses.

Manuel tente de calmer le débat, il enlace son amoureux et constate :
— C'est vrai, mon chéri, que tu as toujours eu une excellente intuition. Une sorte de sixième sens…
Cette fois, c'est Qin qui rétorque, très sérieux :
— Ce n'est pas de l'intuition, c'est de la logique. Vous me racontez que ce gars débarque à Paris en 1938 et qu'il apparaît dans les carnets d'ardoises de clients réguliers de cette même année ? Mais enfin, l'une des serveuses a été prompte à lui accorder sa confiance, non ?

Il débarque de nulle part et, en quelques mois, il est traité comme les clients fidèles depuis des années ? N'allez pas me dire qu'il n'y a pas une histoire de cul là-dessous !

Il ponctue son raisonnement en tapant un peu vivement son verre sur la table, ce qui attire les regards vers nous. Alors que je suis en admiration devant la pertinence du jugement de mon ami, Roselyne tente une diversion en adressant bien fort à Pedro derrière son bar :

— Deux « point G » pour nous ! Puis rougir à la vitesse d'un touriste anglais en plein Sahara. Il a raison Qin. Il n'y a que deux choses qui font tourner ce monde. Le sexe et l'argent. Le reste n'est que prétexte et vanité.

Chapitre 21

Cela fait cinq jours que Roselyne est à Paris.

Le lendemain de notre soirée, nous avons passé la journée à consulter les carnets, pour réussir à trouver la première mention de Franz Eisler, dans le carnet de Louise Echard, le 10 juin 1938. Si Qin a raison, il me faudra retrouver la trace de cette dernière, mais je me suis efforcée ces derniers jours de faire découvrir le Paris que j'aime à mon invitée. Roselyne m'a plusieurs fois fait comprendre, plus ou moins subtilement, qu'elle aimerait profiter de son séjour pour m'accompagner dans mes recherches, mais j'élude ses remarques avec obstination. Elle semble prendre cette enquête tellement à cœur que si cette piste ne mène à rien je me sentirais coupable de la voir partir déçue.

Nous visitons aujourd'hui les jardins du Palais-Royal, l'occasion pour moi de montrer à ma Niçoise coutumière du coup de canon de midi que les Parisiens aussi ont été habitués à régler leurs montres à midi pétante. Ce petit canon est une réplique, l'original ayant été dérobé en 1998. Jusqu'en 1911, les Parisiens réglaient leurs montres grâce à l'invention de ce génial horloger qui avait placé une loupe au-dessus de la mèche. Les rayons du soleil au zénith provoquaient la mise à feu du petit engin, indiquant le midi solaire. Le canon dut se taire lorsque la France adopta l'heure du méridien de Greenwich.

Une petite balade dans le 1er arrondissement nous amène rue Croix-des-Petits-Champs, celle-là même où le violon à l'origine de notre enquête fut conçu, plus de deux siècles plus tôt. Roselyne en profite pour orienter de nouveau la conversation sur le prochain cap de l'enquête :
— Tu sais, j'aimerais bien qu'avant mon départ on essaye de retrouver la trace de Louise. Je vois bien que tu essayes de me tenir à l'écart de tes recherches, mais je t'assure que je ne serai pas déçue si rien n'aboutit. Je voudrais juste en participant être certaine de tout faire pour respecter les volontés de mon père.

Chère Roselyne... Rarement une enquête ne m'a autant tenu à cœur. J'aurai une conversation philosophique avec Qin. Parfois il y a autre chose que le sexe et l'argent, il y a un supplément d'âme, une maigre lueur de devoir de justice qui met votre conscience à rude épreuve.

Cette petite lumière me guide depuis le début, et je n'ai pas traversé tant d'épreuves pour abandonner maintenant. En parlant de lueur, l'enseigne d'un bar m'attire de façon irrésistible… Au croisement de la rue Croix-des-Petits-Champs et de la rue du Pélican, nous découvrons une délicieuse terrasse chauffée, une carte happy hour fournie, et une serveuse fort sympathique. Alors que nous commandons, ma provinciale amie demande innocemment :
— C'est étonnant une rue du Pélican à Paris ?
À notre plus grande surprise, la serveuse prend un air docte et savant :
— La rue du Pélican était autrefois la rue du Poil au con, rapport à la prostitution… Deux verres de chardonnay ?

Quelques verres plus tard, notre conversation tourne à la joute philosophique. Roselyne m'interrogeait simplement sur mon métier, et d'une simple question nous voici échangeant sur l'existentialisme et le nihilisme. Nous nous découvrons une passion commune pour Sartre et Camus, et ma jeune amie me surprend par sa maturité. Elle semble avoir longuement réfléchi à la condition humaine, puisqu'elle m'exprime en un discours limpide ce que je ne faisais que pressentir :

— On ne nous donne pas le choix de vivre. On est là, c'est tout. Et pour le temps qu'on respire, il faut bien s'occuper. On est juste libre de choisir quand arrêter de vivre. C'est la seule vraie liberté de choix que nous ayons. Le reste, on fait avec… Avec les aléas de la vie, avec les rencontres, avec les coups du sort.

Mais mettre fin à sa vie, c'est un cri de liberté. Socrate nous l'a démontré, Camus le confirme, lorsqu'il écrit comme première phrase dans *Le mythe de Sisyphe* : « Il n'y a qu'un problème philosophique vraiment sérieux : c'est le suicide. Juger que la vie vaut ou ne vaut pas la peine d'être vécue, c'est répondre à une question fondamentale de la philosophie. »

Elle m'étonne Roselyne. Elle me cite du Camus avec son accent plein de soleil dans le crépuscule parisien, souriante et pensive, m'éclairant sur une idée confuse jamais formulée de la condition humaine.

J'ai une envie subite : manger. Il est temps de quitter notre apéro philo pour des lieux plus pourvus en nourritures terrestres. Alors que nous nous dirigeons vers le métro, une idée folle me prend... je n'ai jamais testé les Vélib'. Qui sait de quoi demain sera fait ? Enfourchant chacune un fidèle destrier responsable de l'augmentation de mes impôts locaux, nous voici parties à l'assaut des rues de Paris. Je compte emmener ma compagne au restaurant *Chez Papa* dans le 19e, près des Buttes-Chaumont. C'était compter sans l'effet combiné des pavés historiques, du dénivelé entre le Marais et la Place des Fêtes et des quelques verres de chardonnay philosophiques.

À mon grand désarroi, la bicyclette semble prendre les choses à sa manière, et m'oriente à intervalles réguliers vers les rétroviseurs des véhicules stationnés que je retourne involontairement.

J'entends Roselyne rire à gorge déployée et soudain je lâche prise. Peu importe les rétroviseurs, peu importe Franz et ses conquêtes, peu importe le passé. Je suis là, vivante, respirant à pleins poumons le vent froid et humide de ma ville, tapant les voitures au gré de mes incartades.

Une fois que nous sommes attablées devant notre imposante salade du Sud-Ouest, un peu grisée par notre folle épopée, je propose à Roselyne d'aller ensemble demain consulter les archives de Paris. Ce sera son dernier jour dans la capitale. Elle ne me répond pas, mais dans son regard je peux lire le soulagement, les remerciements et la reconnaissance.

Nous n'échangeons pas un mot dans les quelques stations de métro qui nous ramènent. Roselyne semble absente. Ce n'est qu'une fois que nous sommes rentrées qu'elle me prend dans ses bras, en murmurant un merci à peine audible.

Je compte en me déshabillant le nombre d'hématomes dus à cette soirée. Pirate vient se blottir contre moi. Comme pour réparer tous les rétroviseurs, il ronronne à s'en étouffer.

Et toi, petit Pirate, as-tu conscience que ta seule liberté est de choisir ta mort ? Non, petit chaton, ta liberté a été de te fier à moi.

Je détache mes cheveux, il se blottit dedans. Demain sera un autre jour. Les ronrons hypnotiques ont raison de moi, Sartre et Camus m'accompagnent.

Chapitre 22

Il m'arrive régulièrement de consulter les archives d'état civil de la ville de Paris. Le bâtiment est situé au 18 boulevard Sérurier, c'est-à-dire très exactement à cinq cents mètres de chez moi. Rien que cette proximité donne une valeur inestimable à mon petit nid bellevillois. Pouvoir en quelques minutes à pied se rendre dans ce temple de la généalogie est un luxe dont j'aurais du mal à me passer.

Le bâtiment date des années quatre-vingt-dix. Son architecture extérieure est assez cubique, mais l'intérieur est lumineux et agréable. Je connais la plupart du personnel qui me laisse vaquer à mes recherches tranquillement, me sachant rompue à l'exercice de la manipulation des registres.

Parcourir les soixante-sept kilomètres d'allées à la recherche d'un acte précis peut paraître aussi encourageant que de chercher le Saint Graal en plein pôle Nord. Roselyne est dubitative devant ces rayonnages à perte de vue, mais c'est compter sans mon esprit de déduction. Si la liaison entre Franz et Louise a débuté fin mai/début juin 1938, il faut se concentrer sur les registres de naissances de 1939. Consulter les registres déjà numérisés est la première étape. C'est un peu comme jouer à la loterie : si le moteur de recherche retrouve le nom dans les fichiers informatisés, c'est le jackpot. Sinon, c'est la promesse d'une investigation méticuleuse, longue et difficile.

Je commence par faire une recherche libre dans l'état des fonds, en tapant simplement le nom de Louise Echard. L'écran me renvoie un bandeau rouge mentionnant : « Aucun résultat à la recherche ». J'essaye alors Louise Eisler : « Aucun résultat à la recherche ». Loin de me décourager, j'entreprends de consulter la rubrique dans les inventaires numérisés.

Type de document : acte d'état civil.
Mot-matière : naissance.
Lieu : impossible à remplir.
« Aucun résultat à la recherche ».

Alors que je m'acharne à trouver une piste qui me ferait croire à l'existence de Louise Echard, ce tête-à-tête avec l'ordinateur prend des airs de *2001 : l'odyssée de l'espace,* lorsque HAL 9000 s'obstine à refuser à Dave l'entrée du vaisseau.

J'avais perdu Roselyne de vue, mais alors que je regarde dans le vague pour détourner mon attention de cet ordinateur buté, mon œil s'attarde sur une singulière silhouette qui semble s'entretenir avec mon invitée à quelques mètres d'ici. Roselyne m'adresse un petit geste de la main accompagné d'un grand sourire, et la créature lui faisant face me regarde. Les détails se font plus précis alors qu'elles s'approchent. Car c'est bien une femme. De plus de deux mètres, mais une femme. Tout en elle est trop grand, comme s'il y avait eu erreur sur la taille des gabarits. Elle porte une robe longue mais pas assez pour elle, sa démarche est lourde et pataude, ses épaules sont légèrement rentrées, tentative dérisoire de prendre un peu moins de place. Elle est brune, les cheveux tirés en arrière. Ses sourcils, épilés de façon désordonnée, donnent à son visage un petit air de Picasso, période cubique. Elles sont maintenant assez proches pour que j'entende sa voix. Elle parle lentement, en articulant exagérément, passant du grave à l'aigu de façon chaotique. Il y a une résonance étrange, comme si sa gorge était tellement large que le son avait le temps de faire un écho avant de trouver la sortie.

La gentille géante m'adresse un sourire rayonnant et me tend une main maladroite :

— Bonjour, je m'appelle Roselyne, avec un y, comme votre amie. C'est rare les Roselyne, je n'en ai jamais rencontré. Quand je vais dire ça à Papa ça va lui faire plaisir. Je peux vous aider dans vos recherches ? Je ne travaille pas ici, mais je suis une passionnée.

Puis, approchant son grand visage asymétrique d'un air conspirateur, elle chuchote dans un râle
— Il m'arrive même de passer la nuit ici, j'ai la combine pour me faire enfermer.

Le frisson qui me parcourt est assez difficile à dissimuler. Il y avait le Bossu de Notre-Dame, le Fantôme de l'Opéra, il y a désormais la Géante des Archives de la ville de Paris.

— Je crois vraiment qu'elle peut nous aider. Nous n'avons pas assez d'éléments, il faut que nous fassions encore quelques recherches. Si Roselyne reste ici, nous pouvons l'appeler pour lui donner de nouveaux indices !
J'hésite un moment, regardant tour à tour Roselyne, l'écran, Roselyne…

Quelques minutes plus tard nous voici toutes deux à l'air libre, laissant à l'intérieur des murs un potentiel duel entre HAL et une gentille géante. Alors que je ris de ce que je pense être une habile stratégie de fuite, Roselyne me regarde très sérieusement :

— Olympe, nous devons essayer de trouver d'autres éléments. Une adresse, ou au moins un arrondissement… Roselyne est dans l'aile des documents non numérisés, elle attend des pistes.

Sérieusement ? Elle croit vraiment que son homonyme légèrement perchée va nous être d'une grande aide ?

Après quelques recherches, j'apprends qu'en 1936 le 18e arrondissement de Paris accueille dix pour cent de la population de la capitale, une population majoritairement ouvrière, qui s'explique par la construction de logements HLM. De plus, les 18e et 9e arrondissements ne sont pas très loin. Il me semble que Louise pourrait tout à fait louer une petite chambre dans cet arrondissement de Paris, le 9e me paraît trop onéreux pour une jeune serveuse.

Alors que Roselyne s'occupe de transmettre mes déductions à notre espionne peu conventionnelle, une autre difficulté se présente. Si Louise et Franz ont eu un enfant, l'accouchement ne s'est peut-être pas passé à domicile : durant l'entre-deux-guerres, les accouchements se sont de plus en plus médicalisés, car il devenait impératif de limiter la mortalité infantile et maternelle tant les pertes humaines ont été nombreuses lors de la guerre de 14-18. À Paris en 1939, soixante-sept pour cent des femmes accouchent en milieu médicalisé. Il faut espérer que ce ne soit pas le cas de Louise, car il va être difficile d'établir la liste des maternités à Paris en 1939.

Ce soir, pour la dernière soirée de Roselyne à Paris, l'humeur est un peu maussade. Sa déception est palpable, et je sens qu'elle partira demain matin avec l'amertume du devoir inachevé. Je me sens coupable de ne pas avoir accédé à sa requête plus tôt. À vouloir la protéger, je nous ai sûrement privées de belles avancées dans l'enquête.

Mes maladroites tentatives de lancer une discussion se heurtent au silence désabusé de mon invitée. Nous allons nous coucher sans plus aucune complicité, elle m'en veut et cela me donne la nausée.

Même Pirate semble réceptif à ces mauvaises ondes, car il reste caché dans le placard au lieu de venir ronronner dans mes cheveux. Je me sens partir dans un sommeil inutile, ni réconfortant, ni réparateur. Un sommeil vide de sens, de rêves, un sommeil primaire et idiot que réclame juste une machine à batterie faible.

— Olympe ! Olyyyyyympe ! Debout !

Un sursaut me sort du néant :

— Roselyne ! Elle a trouvé !

En un instant, les morceaux du puzzle se remettent en place, Pirate bondit du placard, j'allume la lumière et regarde la photo que Roselyne vient de recevoir sur son téléphone. L'écriture est alambiquée, mais la preuve est là :

En marge : *Echard*

Puis : *l'an mil neuf cent trente-neuf, le onze juin, à une heure du soir, acte de naissance de Franck Louis de sexe masculin né le neuf juin courant à midi trois quarts chez la déclarante Louise Echard, dix-neuf ans, serveuse, au 13 rue de Panama et de père non dénommé.*

En lisant l'acte de naissance, mes mains tremblent. Roselyne pousse un grand cri aussitôt suivi d'un tambourinement au mur : mon voisin taxidermiste ne semble pas partager notre enthousiasme, mais je vois enfin une issue favorable à notre aventure.

Chapitre 23

C'est un peu nerveuse que je rejoins le lieu de rendez-vous fixé par Franck Echard. L'homme a été facile à contacter, mais difficile à convaincre. J'ai pris soin de photographier tous les documents en ma possession afin de lui prouver le sérieux de ma démarche, car sa réticence à mon encontre était manifeste. L'homme habite rue de Rennes, dans le 6e arrondissement. J'ai trouvé ses coordonnées très facilement, l'octogénaire figurant sur l'annuaire en ligne. Mais au fur et à mesure de mon exposé, ponctué régulièrement de « non non non », « je ne suis pas intéressé », je me suis sentie aussi appréciée que le télévendeur passant sa journée à se faire raccrocher au nez. Ce n'est qu'après l'avoir supplié que Franck Echard clôt notre conversation d'un péremptoire :

« Samedi matin. 10 heures. Aux Deux Magots. Présentez-vous au serveur et dites que vous avez rendez-vous avec moi. Et soyez ponctuelle. »

Il est donc 9 h 45 ce samedi matin de novembre. Mes doigts tapotent fébrilement la table ronde tandis que je scrute les alentours, à l'affût d'un homme d'âge respectable. Il fait froid mais l'air est sec et le ciel bleu.

Alors que je m'interroge sur la justesse de ma tenue que j'ai choisie sobre et élégante afin d'inspirer confiance à Franck (mais est-ce que ce pantalon en laine gris et ce pull-over noir ne vont pas au contraire me donner l'air trop apprêté ?), je le remarque immédiatement. Il est grand, de forte stature. Sa démarche est lente, et la canne en bois ornée d'un pommeau argenté lui confère un caractère magistral. Il porte un chapeau en feutre noir qui contraste avec ses cheveux d'un blanc absolu. Alors que le serveur lui indique ma table, je sens son regard froid et intense me transpercer. Le temps qu'il met à parcourir les quelques mètres qui nous séparent me semble une éternité, et je me fige devant la prestance et le charisme de cet homme.

Il s'installe en face de moi, posant les mains à plat sur la table.

— Jeune fille. J'espère avoir bien compris la situation. Vous prétendez être en possession d'un objet appartenant à mon père. Or, je n'ai jamais connu cet homme, et je n'ai aucune intention de recevoir quoi que ce soit de cet individu.

Ce préambule peu encourageant est quelque peu déstabilisant, mais quelque chose s'éclaire : Franck Echard n'est pas hostile à ma personne, il a du ressentiment contre son père qu'il n'a jamais connu. L'homme face à moi porte les sillons des années passées, mais le petit garçon sans papa est encore là, quelque part.

— Que savez-vous sur votre père ?

— Rien. Absolument rien. Et je m'en suis accommodé toute ma vie. Enfant, j'ai dû questionner ma mère, je ne me souviens plus très bien des circonstances. J'ai juste le souvenir d'avoir retenu qu'il valait mieux éviter le sujet si je voulais que l'ambiance à la maison reste agréable. Vous savez, jeune fille, à l'école j'étais le bâtard. J'ai toujours été le bâtard. Je ne compte pas le nombre de coups de poing donnés dans la cour d'école pour défendre ma mère que l'on traînait dans la boue. Plus tard, j'ai continué à lui en vouloir à cet homme. Je me suis construit sans lui, sans exemple, sans souvenirs, sans référence. Sans même quelques indices qui m'auraient permis de me fabriquer une sorte de fantôme que j'aurais pu façonner à ma manière pour m'inventer une figure paternelle. Je vais avoir 80 ans. Ma mère est partie avec ses secrets il y a plus de trente ans. Elle n'a vécu que pour moi. Elle ne s'est jamais mariée, je suis fils unique. Je l'ai haï cet homme, je l'ai supplié, je lui ai pardonné, mais un jour je me suis aperçu que je me battais contre moi-même. Alors je l'ai rayé de mon esprit, et j'ai ainsi trouvé la sérénité nécessaire pour me construire une vie. Aujourd'hui je suis grand-père, arrière-grand-père…

je n'ai pas envie de compromettre l'équilibre que j'ai trouvé à mon âge. Vous savez, l'espérance de vie pour les hommes est de 82 ans, alors j'ai plutôt envie de savourer chaque moment plutôt que de courir après un homme que j'ai passé ma vie à ignorer.

Je comprends alors que toute cette dignité, toute cette aura que dégage Franck est la conséquence de cette enfance passée dans le non-dit, dans la souffrance du manque vertigineux de racines. Cet homme a dû se justifier sans cesse de vivre, puisque dans son monde il manquait une pièce essentielle à son existence.

Je lui montre la photo du quatuor, lui indiquant le violoniste. Son visage ne montre aucune expression, mais le regard se fait perçant, comme s'il cherchait à reconnaître une part de lui dans le sourire figé du musicien.

Je pense alors à Roselyne. Elle non plus n'a jamais connu son père. Elle n'a appris qui il était qu'à son décès. Je tente alors :

— Vous croyez aux coïncidences ?

— À mon âge, on ne croit plus aux coïncidences. Au lieu du hasard, on préfère plutôt croire à des clins d'œil de la destinée qui nous rappellent que nous faisons partie d'un grand tout qui nous dépasse.

— Alors je ne vais pas vous exposer ce que j'ai trouvé concernant celui que je pense être votre père. Je vais juste vous parler de la jeune femme qui a fait appel à moi pour vous retrouver.

Lorsque nous nous quittons, j'ai l'impression d'avoir légèrement fissuré la forteresse de certitudes que Franck s'est bâtie tout au long de sa vie. Il m'a semblé sensible à la démarche de Roselyne et me promet de réfléchir, ce que je prends comme une petite victoire.

Il est midi. Je n'ai aucune envie de rentrer et décide d'aller me promener dans le jardin du Luxembourg. Une fois la main mise sur une chaise près du bassin, je regarde les enfants emmitouflés, les mains engourdies par le froid, diriger plus ou moins habilement les petits voiliers.

Peut-être que Franck Echard, le petit garçon sans papa, allait lui aussi louer pour quelques pièces un voilier, s'offrant ainsi une rêverie au bord de l'eau et le miracle du souffle du vent sur un petit bout de toile. Le ballet hypnotisant de ces petits bateaux dansant sur les rires et les cris joyeux des enfants est propice à la rêverie, et je laisse mon esprit vagabonder. Louise n'a jamais parlé à Franck de son père. Elle ne lui a même jamais donné un nom. Pourquoi ? Je réalise alors que Louise n'a peut-être jamais su ce qu'il était arrivé à Franz. Elle n'a sûrement jamais su si le père de son enfant avait fui, s'il avait été arrêté, si tout simplement il ne l'avait pas quittée à l'annonce de la grossesse. Elle a préféré se taire plutôt que de partager des incertitudes.

Révéler au petit Franck le nom de son père l'aurait fait passer du statut de bâtard à celui de fils de boche.

Alors peut-être que Louise a agi pour le mieux, avec sa conscience et les circonstances.

Il est temps de rentrer. Où en est Franck de ses réflexions ? J'espère que sa curiosité de petit garçon n'a pas complètement disparu sous les remparts érigés au fur et à mesure des années.

Lorsque je sors du métro, le jour décline en habillant le ciel de couleurs incroyables, du violet au bleu profond… les décorations de Noël s'allument.

Déjà… bientôt Noël…

Chapitre 24

Décembre est arrivé. J'ai bien sûr informé Roselyne de mon rendez-vous avec Franck Echard, et si je l'ai sentie désappointée, elle a néanmoins paru comprendre le temps de réflexion réclamé par ce dernier.

Cette année, pour le réveillon de Noël, j'ai décidé d'inviter ma famille pour leur présenter Pedro. J'établis un calendrier de l'avent minutieux en listant tous les préparatifs afin que cette soirée se passe à la perfection. Après avoir sélectionné les idées de décorations et de recettes les plus judicieuses compte tenu de mes capacités manuelles, je m'emploie chaque jour à respecter les tâches définies. Cela peut faire sourire, mais comme toute bordélique qui se connaît, si je ne m'inflige pas ce minutieux plan de bataille, la soirée risque de tourner en un désastreux apéro dînatoire chips-cacahuètes sur une nappe en papier des plus kitsch achetée en catastrophe dans le premier bazar trouvé. Or, Pedro mérite que tout se passe pour le mieux.

Il faudrait que l'on m'explique comment il est possible d'être minutieuse et rigoureuse dans son métier, et aussi anarchique et désorganisée dans sa vie personnelle. J'imagine que c'est un peu comme le revers de la médaille, une sorte de contrepartie à payer.

Sur le papier tout paraît simple. Aujourd'hui, il s'agit de fabriquer des étoiles en origami, lesquelles, une fois suspendues avec de beaux rubans un petit peu partout dans l'appartement, seront du plus bel effet. En réalité, j'ai gâché la moitié des belles feuilles de papier argenté avant de me résoudre à m'entraîner avec du journal. Pirate, très intéressé par cet atelier manuel, se jette après les étoiles ratées comme autant de joujoux précieux, quand il ne vient pas tout simplement se poser sur le pliage en cours en frottant furieusement le papier. Bref, ce qui devait être une activité calme et plaisante se transforme en une véritable lutte intérieure pour ne pas céder à la crise de nerfs. Alors que je commence enfin à prendre le coup de main, Pedro m'appelle. Aussitôt mis sur haut-parleur afin de finir mon origami, le son de sa voix déclenche chez Pirate une réaction en chaîne : miaulements, course intempestive, griffade de canapé, course, saut sur l'étagère et coup de patte pour faire tomber la statuette de sainte Rita.
— Tout va bien, mon petit piment des îles ?

Il n'en faut pas plus pour que je me sente définitivement sortir de mes gonds. Le temps de trois lentes inspirations et expirations les yeux fermés avant de répondre le plus calmement du monde :
— Oui oui, ça avance bien. Mais où vas-tu chercher ces petits noms ? Je ponctue la question d'un petit rire nerveux.
— C'est mon côté poète, tu sais. Je me disais que pour le réveillon je pouvais m'occuper comme on a dit des cocktails apéritifs, mais je peux aussi préparer quelques douceurs sucrées pour accompagner la glace du dessert… qu'en dis-tu ?

Un peu étonnée d'une telle proposition qui me semble être une excellente initiative, j'en oublie les petits noms ridicules, touchée de l'investissement de Pedro. Je retourne à mes pliages, le moral ragaillardi, quand, quelques étoiles plus tard, *Highway to Hell* résonne à nouveau. Je décroche machinalement en activant le haut-parleur :
— Franck Echard à l'appareil.
Mes mains se paralysent, mon regard croise celui de Pirate qui s'est statufié dans une position assez improbable de toilettage, les mots ne sortent pas.
— Allô ? Mademoiselle Crétin ?
Enfin je retrouve la parole :
— Monsieur Echard, bonjour ! Comment allez-vous ?
— J'espère ne pas vous déranger.
— Pas le moins du monde. Je suis à votre écoute.

Comme pour appuyer mes dires, j'enlève l'option haut-parleur pour porter l'appareil à l'oreille.
— Voyez-vous, j'ai beaucoup réfléchi après notre conversation. Il se trouve que j'ai été sensible à vos explications sur les circonstances qui ont amené cette jeune fille à me trouver. J'ai été tenté d'accepter de recevoir cet objet par égard pour elle et pour votre travail également. Mais vous savez, j'ai appris à ne plus accepter les propositions pour faire plaisir aux autres. L'âge rend un peu égoïste, j'imagine. Avec le temps, on a tendance à faire les choses pour soi et non pour les autres. Je ne sais pas vraiment si c'est de la sagesse, sûrement que non, mais c'est ainsi.

Il marque un léger temps de silence et tous mes espoirs s'effondrent. Je ressens physiquement la déception de la défaite. Je me sens lourde et complètement sonnée, tel le boxeur au tapis.

Il me semble l'entendre soupirer, puis il reprend :
— J'étais hier soir dans ma pièce bibliothèque et musique. J'écoutais le quatuor *Rosamunde* de Schubert en dégustant un délicieux cognac… et je ne sais pourquoi, j'ai commencé à feuilleter quelques carnets que j'ai conservés de ma mère. Oh, ce n'était pas intime vous savez, juste de simples petits carnets dans lesquels elle notait des listes de courses, une recette, les dimensions d'un meuble qu'elle prévoyait d'acheter. Les petites choses du quotidien. Elle avait toujours, aussi loin que remonte ma mémoire, un carnet avec elle. Je les ai gardés, car avec son écriture, c'est un peu d'elle que je garde avec moi.

J'entends sa respiration, profonde, et laisse le silence s'installer. Franck semble plus s'adresser à lui-même qu'à moi.

La voix vacille légèrement à présent. Les mots semblent hésitants, incertains.

— J'ai parcouru l'un de ces carnets. Le dernier. Voyez-vous, ma mère les achetait toujours du même format, car elle plaçait sur le carnet en cours d'écriture une jaquette en cuir. J'ai toujours pensé que c'était une sorte de coquetterie, qui transformait instantanément un carnet bon marché en accessoire remarquable. Et, je ne sais pas pourquoi. Pourquoi l'ai-je fait ? Ou pourquoi ne l'ai-je pas fait plus tôt ? J'ai retiré la jaquette de la couverture. Et... une vieille photo s'est échappée, la photo d'un homme. C'est lui. Vous savez, les coïncidences. Croyez-moi, ça n'existe pas.

L'émotion de Franck est audible. J'entends presque les larmes de cet homme impérial couler pudiquement. J'ai l'image du vieux lion, qui a rugi et combattu toute sa vie pour se faire sa place, et qui un jour baisse la garde, en réalisant que la lutte était vaine. Personne ne peut, aussi fort soit-il, échapper à son histoire. Le moment est venu pour Franck Echard de lever le voile qu'il a lui-même placé sur le pourquoi de son existence. Notre conversation avec Roselyne sur l'existentialisme me revient. Certes, nous ne choisissons pas de vivre. Mais savoir pourquoi nous avons vu le jour nous aide à accepter notre condition. Au crépuscule de sa vie, Franck Echard va enfin pouvoir comprendre la raison de sa naissance.

Après avoir raccroché, les étoiles en origami semblent bien futiles. Pirate s'est roulé en boule et somnole à présent avec l'innocence du bienheureux. En constatant l'état du salon, les boules de papier qui jonchent le sol, les pliages ratés éparpillés, les objets renversés, je me rends à l'évidence. On a beau vouloir tout contrôler, il y a toujours un paramètre qui nous échappe et nous rattrape. Alors je prends mon calendrier de préparatifs, si scrupuleux et austère, et le déchire soigneusement, m'appliquant à envoyer voler des bouts de papier aux quatre coins de la pièce. La vie est trop courte pour s'épuiser à vouloir tout maîtriser. Ce Noël sera à mon image, un peu bordélique sûrement, pas très académique probablement, très improvisé, mais... à mon image.

Chapitre 25

Ce samedi 22 décembre marque la fin officielle de mon enquête. Roselyne a prévu un aller-retour dans la journée, le temps d'un déjeuner, pour remettre le violon à Franck. J'ai de mon côté rassemblé tous les indices : la photo du quatuor, les carnets dérobés, les recherches sur les sites de généalogie et les échanges avec la famille Glatzer… Tout est bien rangé dans le porte-documents vintage en cuir noir qui est en fait mon cartable de petite fille dont j'ai retiré les bretelles. J'ai organisé le déjeuner en réservant une table au Bœuf sur le Toit, au nom de Louise Echard. Franck a eu l'air surpris de cette démarche, mais n'a pas émis d'objection, sûrement parce que pour une rare fois dans sa vie, il n'est pas en situation de contrôle.

La préparation de ce déjeuner a été minutieuse, car il est question de résumer en quelques heures quatre mois d'enquête au cœur d'une période sombre de l'histoire.

À l'entrée de l'établissement, l'hôte d'accueil semble me reconnaître puisqu'il m'adresse un laconique
— Madame ?
En souriant d'un air entendu, je précise :
— Pour déjeuner. J'ai réservé pour trois personnes. Au nom de Louise Echard.

Je suis en avance, et donc la première à prendre place sur la confortable banquette. À la fois nerveuse et impatiente, je récapitule une dixième fois l'ordre de mon exposé en parcourant la salle du regard. La chaleureuse lumière des appliques, reflétée dans les nombreux miroirs, fait de la salle un cocon réconfortant dans la grisaille ambiante. Une silhouette amicale capte mon attention. Roselyne est à l'entrée, se débattant avec un parapluie récalcitrant, un sac de voyage vraisemblablement assez lourd et l'étui de violon. L'homme à l'entrée semble vouloir l'aider, mais j'entends le rire cristallin de ma complice d'aventure. « Laissez, laissez, je vais m'en sortir ! Ah non, rien au vestiaire ! Si, tenez, le parapluie… et mon manteau. »

Alors qu'elle retire son duffle-coat rouge en tendant son parapluie à l'employé, celui-ci s'ouvre intempestivement, aspergeant le pauvre homme en plein visage. Tandis que je ris sous cape, amusée de l'air offusqué du préposé à la réception, Roselyne se confond en excuses, attirant ainsi l'attention des clients sur la cocasse situation. Lorsqu'elle prend place à la table après sa fracassante entrée, l'anxiété a disparu, laissant place à un frisson d'impatience avec l'idée de rassembler bientôt toutes les pièces du puzzle.

Nous commandons chacune une coupe de champagne en attendant l'arrivée du dernier protagoniste. Un rapide coup d'œil au téléphone, et un mauvais pressentiment : la réservation était pour 12 h 30, il est déjà 12 h 50 et pas un message ni un appel de Franck. Aurait-il changé d'avis ? Il m'avait pourtant semblé très à cheval sur la ponctualité. Roselyne est venue exprès de Nice, il ne peut pas, tout simplement, nous faire faux bond.

C'est à ce moment que l'élégant octogénaire parvient à notre table, tenant deux roses blanches. Il pose lentement sa canne contre la table et offre la première à Roselyne.

— Enchanté, mademoiselle. En gage de ma gratitude.

Puis il me donne la deuxième.

— Pour vous remercier de vos lumières.

Une fois la commande passée, je m'applique à mon exposé. Franck reste impassible. Il ne m'interrompt pas une fois, à tel point que c'est moi qui le sollicite :

— Est-ce que vous avez des questions, Monsieur Echard ?

— Jeune fille, poursuivez. J'ai eu beaucoup de questions silencieuses dans ma vie. Vous m'apportez des réponses. Il est temps d'écouter et non de questionner. Je vous en prie. Reprenez.

À la fin du récit, alors que nos desserts sont servis, Roselyne, qui jusque-là n'a pas dit grand-chose, propose :
— Et si nous rassemblions les éléments ? Je commence. Elle ouvre alors son sac de voyage et en sort les partitions jaunies, consciencieusement protégées dans une chemise cartonnée.
— Pour vous, monsieur. Ces partitions sont à vous. Vous y trouverez celles de votre père Franz, et celles de son ami Moriz. Je n'ai pas tout apporté, mais je vous promets de vous envoyer le reste. Franck pose une main fébrile sur la pile, qu'il se contente de caresser avec douceur.

Sans un mot, je pose alors la photo du quatuor. Franck acquiesce et sort de la poche intérieure de sa veste le petit carnet dans son écrin de cuir. La photo qui y est glissée est bien celle de Franz, tenant par la taille Louise. Ils nous regardent, leurs têtes penchées l'une vers l'autre comme une évidence de leur complicité.

Nous laissons alors le soin à leur fils d'ouvrir l'étui et de découvrir le violon. L'instrument est magnifique, le bois est reluisant, les cordes semblent neuves.

Roselyne m'adresse un petit clin d'œil complice et je comprends alors qu'elle a dû l'amener chez le luthier pour lui rendre son éclat après son séjour dans le coffre de banque.

Dans la salle, le brouhaha des conversations, des cliquetis de couverts, des verres entrechoqués ne nous atteint pas. À notre table, le silence est profond et émouvant.

Pourtant, dans peu de temps, il faudra se dire au revoir, et chacun reprendra le cours de sa vie.

Une tendre pensée au brave cuisinier du Camp des Milles, à sa fille, à Franz, Louise, Moriz… ils sont encore vivants pour moi.

C'est Franck qui brise alors le silence. Je ne sais pas très bien s'il s'adresse à Roselyne, à moi, ou aux disparus. J'imagine un peu à nous tous, puisqu'en prenant le violon, c'est à lui qu'il murmure : « Merci. »

Épilogue

Lundi 24 décembre, Paris.

C'est étrange Paris à Noël. La ville semble être prise de frénésie, comme si tous les Parisiens avaient déchiqueté leur calendrier de préparation pour céder à une frénésie collective. La ruée vers les magasins me donne le tournis, je cherche juste de quoi sustenter ma famille. Deux bourriches d'huîtres et un bon foie gras feront bien l'affaire. En général cela suffit à remplir les estomacs, et Pedro doit amener quelques biscuits sucrés pour accompagner la glace de chez Berthillon. Pour la décoration de table, j'ai opté pour un bouquet « déstructuré moderne », une sorte d'assemblage invraisemblable de roses blanches pailletées, de gerberas rouges, d'anthurium vert…

Bref, un truc improbable suggéré par la fleuriste, une femme très compétente mais légèrement enfermée dans ses névroses.

Alors que je passe devant la loge, chargée de mes victuailles, Maria, la concierge, m'apostrophe :

— Mademoiselle Crétin ! J'ai deux paquets pour vous ! Un déposé par une jeune femme samedi après-midi et l'autre tout à l'heure par un coursier ! Je lui ai donné la pièce, vous savez ! Enfin ils sont là, hein, passez les récupérer avant 17 h 30, vous serez gentille, après je prépare le réveillon je ne serai là pour personne !

Saisissant le subtil rappel à la traditionnelle enveloppe d'étrennes que je dois lui préparer, je claironne :

— Entendu, Maria ! Je redescends tout à l'heure, je suis un peu chargée là !

Arrivée dans l'appartement, j'essaye de regarder objectivement mes décorations de Noël, assez fière du résultat. Le petit sapin a trouvé sa place près de la fenêtre, la nappe en coton brodé est repassée, le lourd chandelier en cuivre brille de mille feux, et l'équilibre de couleurs dans les décorations est réussi. Tout est blanc, argenté et doré. J'ai même réussi à réunir le bon nombre d'assiettes et de couverts non dépareillés, ce qui frôle l'exploit.

C'est alors que Pedro arrive, lui aussi chargé de paquets.

— Tiens, ces deux-là sont pour toi, c'est la concierge qui me les a donnés. Il y a un petit paquet, et un beaucoup plus volumineux.

Alors que je veux aider Pedro à ranger les bouteilles de vin, les biscuits et les cadeaux qu'il a apportés, il insiste pour que j'ouvre plutôt mes paquets.

Je commence par le plus petit. Dans la boîte, Eugène est là, me fixant de ses yeux bleu clair. Un petit mot l'accompagne : « En souvenir de notre quête commune. À toi de le faire voyager maintenant ! Joyeux Noël Olympe, merci pour tout. Roselyne ». Je me précipite pour montrer à Pedro mon nouveau copain. Il est en train de disposer soigneusement des petits biscuits en forme d'étoile dans un plat argenté. Déposant Eugène près de lui, je retourne à mon deuxième paquet, un biscuit à la main.

C'est le violon. Franck a lui aussi joint un mot : « Veuillez accepter cet instrument comme témoignage de ma gratitude. J'ai gardé les partitions de mon père et j'apprends à aimer son écriture que je découvre. J'ai adressé les partitions de Moriz à Mia Glatzer, car elles lui reviennent. Ce Noël est le plus symbolique pour moi, je me sens enfin entier. Plus qu'un violon, ce que vous m'avez offert n'a pas de prix. »

Ma tête se met à tourner, ma vue se brouille. L'émotion ? Je n'arrive même pas à me lever.

— Pedro ? Je ne me sens pas bien. Pedro ?

Mon don Juan du shaker arrive avec un grand sourire, Eugène à la main.

— Pas de panique, ma rose en sucre ! J'ai juste amélioré un peu les biscuits avec l'herbe de mon balcon !

Assise sur le canapé, je fixe avec incrédulité le violon, Eugène sur les genoux. Tout va bien se passer.

Merci...

À mon mari Damien Soupizet,
pour son soutien indéfectible,

À ma famille,
source d'inspiration et d'encouragements,

À Vanessa Damay,
pour son regard artistique et ses photos.

À Marion Waltzer pour sa confiance.

Longue vie à Olympe !

Editions Campanile
sarl MW Promotion
9 avenue Julien
06100 Nice
Tél : 07 68 82 53 37

https://editions-campanile.fr
mail : contact@editions-campanile.fr

Cet ouvrage a été imprimé par Typo'Libris
Imprimé en UE